MW00460085

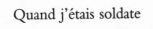

Quand j'étais soldate

Valérie Zenatti

Quand j'étais
soldate

Médium poche
l'école des loisirs
11, rue de Sèvres, Paris 6ᵉ

Merci au Centre national du livre d'avoir apaisé mon banquier
durant la rédaction de ce livre.

© 2015, l'école des loisirs, Paris, pour l'édition Médium + poche
© 2002, l'école des loisirs, Paris
Loi n° 49.956 du 16 juillet 1949 sur les publications
destinées à la jeunesse : mars 2002
Dépôt légal : octobre 2017

ISBN 978-2-211-22317-1

TROIS FILLES AU MILIEU DU DÉSERT

— Nous sommes des ploucs dans un trou de ploucs, lâche Yulia, en haussant les sourcils dans une mimique qui n'admet aucune contradiction. Nous sommes le cul du monde, ajoute-t-elle, et rien d'extraordinaire n'est jamais sorti du cul du monde.

Je regarde ses grands yeux bleus dont elle est si fière, surtout depuis qu'elle porte des lentilles. Avant, elle avait d'horribles lunettes en plastique, avec des verres très épais, et elle louchait. Presbyte, astigmate, avec une coquetterie dans l'œil, comme dit ma tante. Elle a porté ce fardeau toute son enfance. Depuis qu'elle a troqué ses lunettes contre deux minuscules lentilles, j'ai l'impression qu'elle veut faire payer à la terre entière ses humiliations passées. Elle se venge. Souvent, ses yeux ne sont que colère, mépris, ou pire, elle ment, et eux se teintent d'une immense innocence, toute

bleue et transparente, lorsqu'elle s'adresse à l'un de nos professeurs, ou à un garçon. Je hais ses grands yeux bleus. Je hais les yeux de ma meilleure amie d'une haine farouche, rageuse et impuissante. Et je déteste tout autant sa façon de parler, parfois, ostensiblement vulgaire, cassante, l'air de dire : «Je suis affranchie, moi, et je ne suis plus la gentille petite fille de mes parents. »

Ma meilleure amie, pourtant… ce doit être vrai… Je le proclame et elle l'affirme, au lycée on nous a classées inséparables, personne n'imagine croiser l'une sans l'autre. Nous nous asseyons systématiquement ensemble depuis quatre ans et nous nous téléphonons en moyenne huit fois par jour. Lorsque je ne suis pas avec elle, je suis avec Rahel, mon autre meilleure amie.

Elles sont toutes deux nées en URSS. Yulia vient de Tachkent, en Ouzbékistan. Devant moi, elle aime prononcer ces noms, Tachkent, Samarcande, comme si des trésors étincelaient là-bas à chaque carrefour. Devant les autres copains russes, elle insiste sur le fait que son père est d'origine allemande, et sa mère d'origine roumaine, je sens bien qu'elle a honte de l'Ouzbékistan. Les autres ont l'air de penser que le cul du monde se trouve

là-bas. Personnellement, je n'ai pas d'avis tranché sur l'anatomie de notre planète.

Rahel est originaire de Benderi, une petite ville près de Kichinev, en Moldavie. Lorsqu'elle prononce le nom de sa ville d'enfance, elle met l'accent sur le «é», elle roule le «r» en le mouillant, comme il est d'usage dans les langues slaves, et elle s'attarde dans un sourire plein de tendresse sur le «i». Elle a, assurément, ce que l'on nomme la nostalgie.

Je suis née à Nice, en France, et c'est très exceptionnel. Remarquable, même. C'est ce qui fait pour tous la différence, et pour certains mon intérêt, voire mon charme. Il suffit que j'ouvre la bouche pour qu'on s'agglutine autour de moi. Ça facilite le contact, mais c'est souvent exaspérant, surtout lorsqu'il faut à tout prix «dire quelque chose en français.» Baudelaire, émouvant, fait chier, tristesse infinie, gouffre sans fond, camembert, éphémère, crotte de bique, n'importe quoi. Ce qui compte pour eux, c'est le son. Surtout les mots qui comportent des e, u, an, in, on, bœuf-pue-camp-savon, tous ces sons qui n'existent pas dans leur langue et qu'ils trouvent si charmants, si exotiques. C'est avec eux que j'ai appris qu'une langue était

d'abord une musique, un assemblage de sons. Je leur dis donc n'importe quoi, parce que je ne sais que dire à des gens qui ne me comprennent pas, et eux sont ravis. Ça me désole parce que j'aime vraiment les mots : ils me fascinent, je les respecte, je cherche à percer leur mystère, à les utiliser à bon escient dans les deux langues. La maternelle, le français, et l'étrangère, l'hébreu. Mais les autres s'en fichent et me supplient inlassablement :

— S'il te plaît, dis-nous quelque chose en français !

Nous habitons à Beer-Sheva, une ville de cent mille habitants plantée dans le désert du Néguev, en Israël. Vue du ciel, la ville ressemble à Atlanta, le bâtiment de CNN et le stade olympique en moins. Des cubes gris posés sur le sable gris. Celui qui imagine qu'un désert est forcément une étendue de sable blanc et fin, avec de temps à autre une petite oasis fraîche, possède un imaginaire de dessins animés. C'est tant mieux pour lui, et je l'envie.

Depuis mon arrivée ici il y a cinq ans, avec mes parents et ma sœur, je trouve le désert moche, angoissant et inutile. Seul le soleil que l'on voit disparaître chaque soir dans un flamboiement

magnifique justifie que rien ne s'interpose entre lui et moi.

J'ai deux meilleures amies russes, elles ont les yeux bleus et les cheveux châtains mais ne se ressemblent pas. Nous avons eu, avons, ou allons avoir dix-huit ans. Dans deux mois, nous transpirerons sur les épreuves du bac.

Dans six mois, au plus tard, nous échangerons nos T-shirts et nos jeans contre une chemise et un pantalon kaki.

L'armée pour toutes. Soldates. Yulia, Rahel et moi.

Pour l'heure, nous sommes allongées sur la pelouse, à l'intérieur du fer à cheval que forment les immeubles de notre quartier. En France, on appellerait l'ensemble une cité. Ici, c'est un quartier résidentiel de « nouveaux immigrants », les pelouses ne sont pas interdites et on entend parler une quinzaine de langues.

Nous nous repassons inlassablement le film de la veille. La fête organisée chez Ilan, l'un des garçons de la bande le plus proche de la normalité.

— Le même scénario, toujours le même scénario ! gémit Yulia. Du Coca, de la vodka, les gar-

çons dansent comme des canards ivres, les filles dépriment, on transpire, le maquillage fond, on file aux toilettes en remettre une couche, mais pour qui? Pour qui?

Rahel et moi choisissons prudemment de nous taire devant tant de désespoir. On a l'habitude des jérémiades de Yulia. Dans deux minutes, elle se lèvera en nous assassinant d'une phrase, nous et ce trou pourri, ou bien elle abordera un nouveau sujet, elle-même, par exemple.

Evidemment, ça ne rate pas:

— Enfin, comme d'habitude, ils m'ont tous regardée, du début à la fin... Je me demande pourquoi... Je n'étais pourtant pas aussi bien habillée que toi, Val.

Je lance un coup d'œil rapide à Rahel qui ne cache pas un petit sourire entendu. Elle renchérit:

— Mais oui, ils étaient tous à tes pieds, transis, malheureux, dévoués, la bave aux babines... Trop touchante, la scène... Tu as fait ton choix?

Expression courroucée de Yulia.

La consternation s'abat sur moi.

Si ça continue ainsi, il va y avoir un clash, des cris, des horreurs lancées à la figure. Et la colère

me terrorise. Je pâlis, je rougis, je tremble dès que le ton monte. Muette et le regard humide, je me sens idiote, et de trop sur terre. Vite, détourner la conversation. Sur le bac par exemple :

— Vous avez déjà fait votre fiche sur *Crime et Châtiment* ?

— Oui, mais j'ai un problème. En russe, on parle de crime, en hébreu ils ont traduit « péché ». Ça n'a rien à voir. Raskolnikov commet un crime, point, répond Rahel.

— Mais ce crime était un péché, Dostoïevski l'a forcément conçu ainsi, il était extrêmement croyant, lui rétorqué-je.

Yulia intervient :

— Et *L'Étranger*, vous l'avez terminé ?

— Sans problème. Je l'ai lu trois fois, j'ai blindé mes fiches sur Camus, l'Algérie, l'absurde, la peine de mort… Pourvu que le sujet tombe !

— C'est normal que tu raffoles de lui, il est français !

— Et alors ? Ça n'a rien à voir. Vous, vous raffolez de Dostoïevski simplement parce qu'il est russe ?

— Non, répond Yulia.

— Si, contredit Rahel.

— Tu me passeras tes fiches sur « Camille » ? me demande Yulia d'un air distrait.

— Essaie de prononcer son nom correctement, pour une fois. « Camille », c'est un prénom de fille ! Là, c'est Camus. Ca-mus ! U ! Euh… pour les fiches, désolée mais c'est impossible, j'ai tout écrit en français.

Je suis certaine qu'elle a perçu mon hésitation, à la façon qu'elle a de détourner la tête brusquement. Mais elle esquisse un petit sourire en pointant son menton vers l'avant :

— Eh, les filles, regardez qui arrive.

Nous suivons son regard. Ilana, alias Pot-de-Peinture, s'avance vers nous. Avec les garçons, les profs, les sujets du bac et l'armée, elle fait partie du top cinq de nos thèmes de conversation favoris. Nous pouvons commenter ses tenues durant des heures. Elle commet régulièrement deux fautes impardonnables à nos yeux : elle mélange le rouge et le rose, et son rouge à lèvres dérape inévitablement sur ses dents. Nous nous moquons presque ouvertement d'elle. Je sais que c'est odieux, mais nous avons besoin d'Ilana : c'est le genre de fille auprès de laquelle n'importe qui se sent lumineux, beau, chic. Elle

porte par ailleurs un intérêt manifeste à nos conversations, y compris lorsqu'elle n'y est pas conviée. Ses oreilles traînent jusqu'au sol et sa mine soupçonneuse me rappelle les concierges d'avant guerre que je n'ai pas connues, bien sûr, mais l'imagination est le propre de l'homme. Cette fille fera une excellente espionne.

— Salut ! Vous connaissez la dernière ?

— Non ! répond-on en chœur.

C'est une vérité éternelle. Personne, jamais, ne connaît la dernière. À part, bien sûr, celui qui l'annonce triomphalement.

— L'orange est LA couleur de l'été. Vous vous rendez compte ?

— Beurk !

— Quelle horreur !

— Mais c'est impossible !

Allez savoir pourquoi, nous avons décrété un jour que la couleur orange était en dessous de tout. Bonne pour les filles sans avenir. Ilana le sait et elle se fait un plaisir de filer un coup de pied dans notre petite fourmilière.

— Remarquez, je me fous de l'orange comme de l'an quarante. Je vais être en total look kaki bien avant vous, moi.

Un silence respectueux suit mes paroles.

— Allez, j'y vais, dis-je en sautant sur mes pieds. Je bosse dans une heure.

Et je quitte la pelouse que je foule de longues enjambées, afin de ressembler le plus possible à Faye Dunaway dans *Bonnie and Clyde*. Je ne me retourne pas, mais je sais que les filles me regardent. S'il y a bien une chose dont je suis certaine, c'est qu'elles m'envient mes jambes. Ça me donne une bonne raison de ne pas désespérer de la vie.

Au lycée, les cours s'achèvent à quatorze heures. Il n'y a pas de cantine, pas de pause-déjeuner, on étudie d'une traite et on est libre le reste de la journée. Pour réviser, faire du sport ou regarder les séries télé. Je travaille dans une pharmacie-parfumerie-droguerie, une boîte canadienne, qui m'emploie sous le titre pompeux de «responsable du facing». En clair, cela veut dire que je dois arpenter les rayons et aligner les produits, faire en sorte que les rangées donnent l'impression d'être pleines, bombées, les shampooings, déodorants et serviettes hygiéniques bien serrés les uns contre les autres. Il paraît que ça donne envie aux clients de détruire ce bel ordre, et donc d'acheter. De temps

en temps je suis réquisitionnée à la parfumerie pour les paquets- cadeaux, et je m'amuse à inventer des emballages très sophistiqués, à trois ou cinq plis, à deux ou quatre revers. Je suis payée pour m'appliquer à bien faire ce que d'autres vont défaire d'un seul geste.

Lorsque Rafi, le patron, m'a embauchée, il m'a exposé durant vingt minutes la philosophie du Superpharm : le client est roi, ses désirs sont des ordres, nous sommes des esclaves à son service, et lorsqu'il nous conduit droit à la crise de nerfs à force d'hésiter entre une lessive avec ou sans agents assouplissants (il est terrorisé par sa femme qui lui fera une scène s'il n'a pas acheté ce qu'il fallait), il faut lui décocher un sourire doux et aimable, et apaiser ses craintes en l'accompagnant dans la décision critique qu'il doit prendre.

Après m'avoir donné deux ou trois exemples de situations que je pourrais rencontrer dans mon nouveau et fabuleux métier plein d'avenir, Rafi m'a remis la charte des travailleurs du Superpharm, qui rappelle que les employés doivent s'aplatir de bonne grâce devant le client. Je l'ai très vite apprise par cœur, non par fanatisme, ni par servilité, mais parce qu'elle est placardée sur

les murs des toilettes et des vestiaires, où je passe chaque jour un certain temps. Extraits :

Ne dis pas : *Ce n'est pas mon rayon, va* voir X au rayon Z*, mais : *Suis-moi, je vais te conduire à une personne compétente dans ce domaine.*

Ne dis pas : *Nous n'en n'avons plus en stock*, mais : *Ce produit a eu un grand succès, nous attendons une commande dans les prochains jours, laisse-moi tes coordonnées, et je me ferai un plaisir de t'appeler dès que nous l'aurons reçu.*

Ne dis pas : *Au revoir*, mais : *Merci d'être un client fidèle. A très bientôt, j'espère.*

Les sept autres commandements sont bien entendu à l'avenant.

Au début, je ne pouvais m'empêcher de me mordre les lèvres devant la mine ahurie de braves papis et mamies d'origine polonaise ou marocaine, que tant de politesse laissait pantois, et puis je m'y suis habituée. Je me suis mise en quelque sorte en pilotage automatique, et si j'oublie parfois l'aspect relationnel profond de mon travail, ma montre est

---

* Le vouvoiement n'existe pas en hébreu.

24

À Myriam, « noudnikit » et formidable.
À Geneviève, qui comprend.

I

On raconte sa vie pour mieux taire ses secrets.

M.H.

là pour me le rappeler. En effet, le dernier article de la charte ordonne :

Mets ta montre au poignet droit, et non pas au poignet gauche, afin de te souvenir chaque fois que tu regardes l'heure que tu es un employé d'exception, dans une entreprise d'exception, au service de clients d'exception.

À mon avis, si la direction canadienne et perspicace du Superpharm a choisi la montre comme moyen mnémotechnique, c'est parce qu'elle a dû s'apercevoir que c'était le geste le plus fréquent chez ses employés. La charte ne précise pas si l'entreprise achètera une montre aux employés qui n'en possèdent pas.

Le Superpharm est donc la seule expérience que j'aie du Canada (de loin) et du monde du travail (de très près). Précisons aussi que je suis sous-payée, environ sept francs cinquante de l'heure, ce qui fait neuf cents francs pour cent vingt heures de travail par mois, après déduction de la Sécurité sociale et de ma cotisation retraite dont j'ai du mal à apprécier l'utilité. Employée d'exception dans une entreprise d'exception, ce n'est déjà pas si mal, il ne faudrait pas en plus réclamer trop d'argent aux patrons.

Lorsque j'y pense, j'ai la certitude que, plus

tard, je serai syndicaliste. Ou, pourquoi pas, révolutionnaire. Et ce jour-là on ajoutera deux zéros sur les fiches de paie, ou bien mieux, il n'y aura plus de fiches de paie du tout, et l'argent ne sera pas cette chose étrange pour laquelle je suis prête à faire le pitre (avec talent, dit-on) dans les allées aux odeurs de savons, de lessives et de parfums coûteux mêlés. Ce jour-là, plus personne ne se sentira humilié parce qu'il est pauvre, et aucune entreprise ne ressemblera à une petite dictature.

Je rêve.

Je sais, mais c'est mon état naturel. Dans un accès de grandiloquence qui me saisit parfois, j'ai même écrit : « Je ne suis pas certaine de vivre, mais je suis sûre de rêver. »

(Rêver : 1. Suite de phénomènes psychiques — d'images en particulier — se produisant pendant le sommeil. 2. Construction de l'imagination à l'état de veille destinée à échapper au réel, à satisfaire un désir.)

J'ajouterais, dans mon dictionnaire personnel : discussions sans fin avec les copines, spéculations passionnantes sur l'avenir, formulations sur la « vraie » vie qui nous attend. Avec, à la clé, des choix déchirants : que ferons-nous après l'armée ?

Un voyage de six mois, un an, en Amérique latine ou en Inde, comme tant d'autres, pour se nettoyer la tête ? Ou bien les études d'abord, et le grand voyage ensuite ? Oui, mais si on rencontre l'homme, l'idéal, sur les bancs de la fac, faudra-t-il dire adieu pour toujours au périple de notre vie, à la cure de liberté dont nous rêvons, loin, sur un continent où rien ne nous rappellera ce que nous connaissons ? Et qu'allons-nous étudier ? Relations internationales ? Histoire ? Communication ? Pour devenir qui ? quoi ? Diplomate ? Journaliste ? Attachée de presse ? Quelle vie sera la nôtre ? Le futur est si flou, si imprécis, et nous voudrions tant qu'il soit à mille lieues de ce que nous vivons ! Qu'un coup de baguette magique le rende palpitant, étonnant, beau à rendre jaloux la terre entière. Le futur, pour Rahel, Yulia et moi, ressemble étrangement au mot revanche.

C'est à tout ça que je pense, sur mon vélo qui file vers le Superpharm. À mes deux amies si différentes, et qui me sont pourtant nécessaires, à parts égales. Je pense que je ne vais pas voler les vacances que nous projetons de passer juste après le bac à Eilat, au bord de la mer Rouge. Mes mains noires de poussière ce soir me confirmeront que j'ai gagné trente-cinq francs, la moitié d'une nuit dans une auberge de jeunesse. Pour l'autre moitié, il faudra attendre demain. Je pense que l'armée ressemble à une grande parenthèse, dont nous ignorons totalement le contenu. Je pense que je fais tout pour penser, tout le temps, énormément, dans un tourbillon qui ne s'arrête jamais, penser tout le temps à demain, et à après-demain, pour ne surtout pas songer que Jean-David est parti vivre à Jérusalem il y a une semaine déjà, et qu'il ne m'a pas appelée depuis.

— Valériiiiiiie !

Six fois par semaine, Yulia hurle mon prénom en passant sous ma fenêtre, sur le chemin du lycée.

— Je descends tout de suite !

Je mens un peu. Tout de suite, c'est au minimum dans cinq minutes. La moitié du contenu de mon armoire gît sur le lit, et je ne suis toujours pas habillée. Que mettre ? Que choisir ? Du vert, peut-être ? Quelqu'un m'a dit un jour que c'était une couleur porte-bonheur. Mais je n'ai qu'un débardeur vert et il est sale… Comment était habillée Yulia déjà ? Je l'ai à peine aperçue. En jean et T-shirt bleu, il me semble, à moins que ce ne soit un pantalon blanc et un T-shirt rose. Je vagabonde, je tripote nerveusement des vêtements que je ne regarde pas.

Indécision. Panique.

Premières épreuves du bac aujourd'hui. Histoire, ce matin. Bible, cet après-midi. À vrai dire, à cet instant, je n'y pense même pas.

Simplement, je ne sais pas quoi mettre.

Vite, j'arrache une jupe blanche de son cintre d'une main, et de l'autre je démolis la pile de T-shirts pour prendre celui du dessous, le noir. Noir et blanc. Deux extrêmes. Tout ou rien. «Soyez les meilleurs ou les plus nuls, mais ne soyez jamais bêtement moyens», nous a dit un jour Gidi, notre prof d'histoire dont la moitié des filles du lycée a été ou est encore amoureuse. (L'autre moitié ayant décidé de ne pas se pencher sur la question et de vivre de vraies histoires d'amour.) Noir et blanc, donc. Outre l'avantage d'exprimer une certaine philosophie, les deux couleurs parent incontestablement aux fautes de goût.

L'interphone me vrille les tympans. Yulia s'impatiente et elle n'a pas tort : il est 7 h 45. Je passe en trombe devant maman qui porte son masque inquiet :

— Tu n'as rien mangé…

— T'inquiète pas. J'ai des tonnes de barres de céréales dans mon sac.

— Tu rentres à midi, au moins ? Je vais préparer des…

Deuxième sonnerie, plus comminatoire que la première.

— Non, on va manger chez Rahel, ses parents ne sont pas là.

Elle est déçue. Extrêmement peinée, même. Si je pars ainsi, coupable à son égard, je vais tout foirer, c'est évident.

Alors je lui dis vite :

— Prépare un super-repas pour ce soir, je serai là.

Elle sourit instantanément et lâche :

— MERDE.

Puis elle me murmure à l'oreille :

— De toute façon, je sais que tu l'auras. Ce n'est qu'une formalité pour toi.

Il faudrait que je cherche un jour dans le dictionnaire pourquoi le mot « merde » est associé à la chance. Il doit y avoir une certaine logique mais elle m'échappe pour l'instant. Il faudrait aussi que je comprenne pourquoi ma mère croit autant en moi, alors que je doute constamment. Mais je ne trouverai certainement pas la réponse dans un dictionnaire.

Yulia est assise sur le parapet et pianote un rythme rapide de ses ongles longs et durs.

— Tu as mis un temps fou ! Tu renonces au bac et tu décides de faire carrière comme caissière au Superpharm, c'est ça ?

— Non. Je ne savais pas comment m'habiller.

— Eh bien ! tu as trouvé, elle est pas mal cette jupe, d'ailleurs. *Anyway*, ça n'a pas d'importance. Je te rappelle qu'on passe des épreuves *écrites* et pas *orales*.

— Je sais. Mais j'avais envie de me sentir bien, et même jolie. Comme ça. Pour moi.

— Mouais. (Elle s'en fout totalement.) Et alors justement, tu te sens comment ?

— Bizarre…

— Mais encore ?

— Chose. Vide. Schtroumpf. Enfin, tu vois…

— Pas du tout.

— Eh bien ! c'est un examen comme un autre après tout, on ne nous demande pas d'en savoir plus que le reste de l'année. En même temps on en fait tout un plat. Depuis mon entrée en sixième, on me rebat les oreilles avec le bac : « Vous préparez votre bac dès maintenant », nous répétait notre prof d'anglais. « Tu verras, quand tu passeras ton bac… » disaient tous les autres. Je pensais vraiment que c'était une question de vie ou de mort. Que ceux qui s'en remettaient étaient des surhommes. Ce matin, j'ai l'impression que ce n'est pas moi qui vais au lycée, avec toi. C'est comme si je me regardais agir, sans être véritablement concernée.

— En fait, c'est parce que tu penses à Jean-David.

Elle a perdu une occasion de se taire. Elle m'aurait flanqué un direct dans les mâchoires que ça m'aurait fait l'effet d'une caresse. Nous franchissons le portail du lycée.

Rahel est déjà dans la cour. Elle vient vers nous, les yeux brillants et un peu essoufflée. C'est à cela que l'on sait qu'elle est angoissée, ou émue. Elle refuse depuis toujours d'exprimer une émotion avec des mots. Lorsque Liron, son premier copain, lui a dit : « Je t'aime » pour la première fois, elle lui a répondu : « C'est pas grave, ça te passera. » Il n'a pas récidivé et ils se sont séparés peu après. Pourtant, il aurait pu la comprendre, il est lui-même assez étrange.

— Pas de pot, nous dit-elle, il y a six salles, et ça marche par ordre alphabétique.

Son nom de famille commence par un B, celui de Yulia par un K, et le mien par un Z. À nous trois, nous faisons le tour de l'alphabet. Par moments, j'ai même l'impression que nous représentons tout simplement le monde dans sa diversité.

La sonnerie retentit. On s'embrasse pour se souhaiter bonne chance et tout le monde nous regarde. C'est très français, de s'embrasser entre amis. Yulia adore cette habitude, parce qu'elle a vu dix fois *La Boum* et qu'elle s'identifie secrètement à Sophie Marceau.

Le troupeau s'achemine vers les salles. Il y a ceux qui révisent encore, qui vérifient une date, demandent un tuyau aux têtes du lycée. Et les têtes en question, souvent des filles, prennent un air affolé, hurlent d'une voix stridente et saccadée : « J'ai tout oublié ! J'ai tout oublié ! » D'autres ont l'air très détachés, les couples s'enlacent, comme s'ils avaient dépassé la question, comme si le fait de s'aimer devant tout le monde était en soi un passeport pour l'âge adulte.

En hébreu, comme en allemand je crois, le bac se dit « maturité. »

L'épreuve d'histoire (coefficient 3) est divisée en deux parties :

1. Histoire de la Shoah (coefficient 1) ;

2. Histoire générale (coefficient 2).

C'est comme ça. La Shoah est à part. C'est un sujet d'histoire à l'intérieur et en dehors de l'épreuve d'histoire. Un sujet obligatoire, presque une matière en elle-même. La question ne peut pas tomber par hasard, comme l'affaire Dreyfus, l'Europe napoléonienne, l'âge d'or des Juifs d'Espagne ou les croisades. Il ne peut y avoir un bachelier israélien qui ne soit pas interrogé sur la Shoah. Six millions de morts, expliquez quand, qui, où, comment, pourquoi. Maîtrisez les chiffres, les dates, les noms des bourreaux, apprenez par cœur des passages de *Mein Kampf* et les slogans de la propagande nazie, connaissez la liste des camps, par ordre d'apparition, faites la différence entre camps de travail et camps d'extermination, sachez qu'il y avait une vie culturelle dans les ghettos, des écoles, qu'on y jouait des pièces de théâtre, qu'on y chantait des opéras. Retenez l'orthographe compliquée des mots Einsatzgruppen et Obersturmbannführer, n'oubliez pas ce qu'était la sélection, les uns à droite, qui seraient immédiatement gazés, les autres à gauche, qui vivraient un peu en mourant chaque jour.

Apprenez consciencieusement les lois de Nuremberg, l'extermination commence là. On différencie des gens, on les met à part, on les montre du doigt, c'est déjà un peu les tuer. La solution finale, la conférence de Wansee, lisez tout ce que vous pouvez sur ces termes, faites des fiches, des mémos, c'est une histoire si immense, avec des milliers de livres, de chapitres et de sous-chapitres, l'extermination des Juifs d'Europe : Allemagne, France, Hollande, Belgique, Pologne, Russie, Tchécoslovaquie, Serbie, Croatie, Grèce, Hongrie, Italie ; Dieu, qu'elle semble gigantesque, l'Europe !

L'épreuve sur la Shoah (j'aurais du mal à écrire l'épreuve de la Shoah) inaugure donc les cinq jours d'examens, et ouvre en quelque sorte la voie vers la *maturité*.

Je m'installe et, comme les autres, je pose une bouteille d'eau devant moi. C'est fou ce que l'on peut boire pendant un examen. Les sujets vont être distribués et le brouhaha s'éteint *diminuendo*. On ne communique plus que par signes, Alon et Miki gonflent leurs joues et arrondissent leurs yeux pour dire que ça ne va pas être du gâteau, Tal et Rafi font une moue qui dédramatise l'instant, les garçons ont l'air plus excités que les filles, certains ont pris des paris sur les sujets. Il est 7 h 58. La directrice adjointe entre en tenant à bout de bras une grande enveloppe en plastique marron. Elle la tourne dans tous les sens pour nous prouver qu'elle est entièrement cachetée puis elle en extrait les sujets, comme s'il s'agissait du bien le plus précieux qu'elle ait eu entre les mains depuis des années.

Les consignes, que nous connaîtrons par cœur dans les jours qui suivent, sont données par un haricot jaune et presque aphone : Avi, étudiant en mathématiques.

« L'épreuve commence à huit heures précises et s'achèvera à dix heures précises. Nous procéderons alors au ramassage des copies et à la distribution des sujets d'histoire générale dont l'épreuve durera trois heures. L'utilisation des calculatrices est strictement interdite... »

Nom, prénom :
Numéro d'identité :
Date de naissance :

« ... ainsi que l'utilisation de tout dictionnaire bilingue ou unilingue... »

Lycée :   Date de l'épreuve :
Epreuve :   Coefficient :

« Vous devez vous rendre aux toilettes accompagnés. Deux élèves ne peuvent sortir en même temps. Votre absence de la salle d'examen ne doit pas excéder cinq minutes… »

Histoire de la Shoah. Coefficient 1.

« Je vous rappelle que vous avez le choix entre deux sujets. N'oubliez pas de noter le sujet choisi. Je vous rappelle également que vous ne devez en aucun cas, je dis bien en aucun cas, inscrire vos nom ou prénom sur les copies, ou tout indice qui pourrait permettre au correcteur de vous identifier… »

Sujet numéro un : *1935-1938 : Décrivez et commentez, en vous appuyant sur les événements marquants de ces quatre années, la mise en œuvre de la politique de persécution des nazis à l'encontre des Juifs d'Allemagne.*

Sujet numéro deux : *Le ghetto de Varsovie, 1940-1943.*

Quelques explosions de joie étouffées se font entendre ici et là. Certains ont manifestement gagné leurs paris. J'hésite un peu entre les deux sujets. Le premier est relativement technique, « carré » : il suffit de citer les lois de Nuremberg et la Nuit de cristal, d'analyser l'évolution de la violence sociale encouragée par des lois, puis la violence physique, qui détruit les biens et les personnes. Le sujet numéro deux est plus vaste. Le ghetto, c'est la vie et la mort côte à côte, l'entassement des familles, les travaux forcés, la famine, la maladie, les chants, la culture, les rafles, les humiliations, les séparations, la révolte enfin, menée par une poignée de jeunes gens de notre âge. Seize, dix-sept, dix-huit ans, et un fusil à la main, un fusil et quelques balles pour tenir tête à la Wehrmacht pendant plus d'un mois, un fusil, des grenades et quelques balles, contre des tanks et même des avions. Tout faire pour mourir la tête haute, en combattants, en soldats face à des soldats et non pas en victimes face aux oppresseurs. Je ne suis plus dans une salle d'examen, je ne passe plus mon bac. J'ai devant moi l'un des leaders de la révolte du ghetto de Varsovie, Mordehaï Anilevitch, dont j'ai vu la photo au musée de Yad Vashem. Le portrait un peu flou, en noir et blanc, d'un jeune homme beau et résolu, forcément très beau et très résolu. Et moi aussi, bientôt, j'aurai une arme entre les mains, moi aussi je serai soldate, mais ça n'a rien à voir et le parallèle que je viens de faire me semble ridicule.

Je m'égare et le temps presse, le temps passe. Je sens bien que, si je choisis le ghetto, je vais faire un truc complètement lyrique, je vais écrire des phrases passionnées et tristes, je risque même de pleurer en écrivant. Les larmes feront des taches sur ma copie et je perdrai dix points automatiquement (nous sommes notés sur cent, la présentation vaut bien dix points, d'après nos profs).

Ce sera donc le premier sujet.

Le haricot matheux compte les mouches. De temps en temps, il passe entre les rangées, l'air important. Tous les quarts d'heure, il annonce le temps qu'il nous reste. Il a l'air triste. Il attend peut-être, lui aussi, un coup de fil qui ne vient pas. Ou pire encore : il n'a jamais connu l'amour et les maths sont son seul refuge.

« *En trois ans, le régime nazi met sur pied un appareil de violence encadré par la loi. La machine de haine qui conduit de l'exclusion de la société à la destruction des biens et des personnes est en route. Un régime de terreur s'instaure en Allemagne, sous le regard des pays*

européens. La plus sombre page de l'histoire de l'huma-
nité est en train de s'écrire. »

J'ai mal au poignet mais je suis plutôt satisfaite de moi. J'ai écrit huit pages qui me semblent assez claires. Je lève enfin les yeux, pour la première fois depuis deux heures. Ceux qui ont fini échangent des regards. Ilana et Rinat, les deux bêcheuses, respirent bruyamment en couvrant à toute allure leurs copies de phrases jusqu'à la dernière seconde où elles supplient le matheux de les laisser finir. Encore un mot… encore un quart de point peut-être…

Nous n'avons pas le temps de souffler. Il faut déjà embrayer sur l'épreuve d'histoire générale, réécrire les nom, prénom, matière, série, année… Trois sujets s'offrent à nous :

1. Le printemps des peuples.
2. La guerre de Sécession.
3. La révolution d'Octobre.

Je n'ai aucune hésitation, et je commence à écrire, avant même d'avoir réfléchi, sur le troisième sujet. Je commence ainsi :

« Le règne du tsar Alexandre II avait fait naître en

Russie un immense espoir. Il s'apprêtait à donner à son pays une première Constitution lorsqu'il fut assassiné en 1881 à Paris. Son successeur, Alexandre III, loin de poursuivre l'évolution vers la démocratie, accable les moujiks de nouvelles contraintes. La colère et la frustration germent... »

Je suis partie de loin, je ne l'ignore pas. La révolution d'Octobre a eu lieu en 1917, pas en 1881 ! Un correcteur mal luné pourrait même barrer le premier paragraphe d'un trait rouge bien saignant que je ne verrai jamais mais qui l'aura soulagé. Simplement, c'est plus fort que moi : je suis une fan d'Alexandre II, je parle de lui dès que l'occasion se présente. C'est certainement grâce à *Katia*, le film dans lequel Romy Schneider interprétait sa maîtresse. J'ai dévoré tout ce que j'ai pu sur ce couple. On dit que c'est elle qui a poussé le tsar à adopter une politique plus libérale, qu'elle a été son inspiratrice. Dans les cas qui m'arrangent, je veux bien croire les rumeurs, même fortement romancées. On prétend aussi qu'Alexandre II voulait la sacrer impératrice, après la mort de sa femme (décrite dans mes livres comme une vieille femme livide, toute maigre et aux traits sévères, tout le contraire de

Romy Schneider en somme). Il n'en eut pas le temps et Katia, alias Katarina Dolgorouki, fut chassée sans ménagements par le nouveau pouvoir. Elle s'exila en France et mourut à Nice.

Toujours est-il que l'évocation d'Alexandre II me met de bonne humeur et cette première matinée d'épreuves s'achève pour moi dans un climat confiant.

À la pause, je retrouve Rahel et Yulia. La première prostrée, la seconde nerveuse. Je n'ose pas les questionner. Yulia entoure Rahel de son bras et je fais de même, sans rien dire. Pendant plusieurs minutes nous restons ainsi, à la bercer doucement, à éloigner les curieux qui s'agglutinent autour de nous, comme s'il y avait eu un accident. Puis je murmure :

— Tu veux qu'on prenne un sandwich ou bien on va déjeuner chez toi, comme prévu ?

Elle fixe le sol d'un air buté puis relève la tête vivement et nous lance, avec une fausse gaieté qui me fait mal :

— On va chez moi, bien sûr ! Ma mère a rempli le frigo et m'a fait jurer qu'on le dévaliserait.

— On court jusqu'à la maison ?

– OK !

Ça, c'est notre truc. Quelque chose qui n'appartient qu'à nous deux. Dès que l'une va mal, l'autre propose une course. L'important n'est pas de savoir qui va gagner. C'est forcément Rahel, qui détient le record du lycée des 100 et 400 mètres (toutes catégories confondues, elle bat les garçons et nous en sommes terriblement fières). L'important, c'est que nous ayons l'impression d'être très intimement liées en courant à l'unisson. Nous nous débarrassons de tout ce qui nous fait souffrir, tout ce qui nous encombre. Une façon comme une autre d'échapper à soi-même.

Une centaine de mètres à peine nous séparent de l'immeuble où habite Rahel. Nous attendons Yulia qui arrive d'un pas nonchalant, le regard empreint de supériorité et d'incompréhension. J'entends le mot « enfantillages », auquel elle doit penser très fort. Lorsqu'elle a ce regard, c'est comme si notre amitié volait en éclats. Je le sens depuis quelques mois, je le sais avec certitude aujourd'hui. Je me force à penser à autre chose, à deviner le sujet de Bible qui tombera cet après-midi.

Rahel me souffle :

– J'ai complètement paniqué, en histoire générale. Et je n'ai rien écrit, absolument rien, à part mon nom, mon prénom, et les autres renseignements.

Je lui serre la main très fort. Je sais qu'elle ne dira à personne ce qu'elle vient de me confier. Elle est fière, elle est secrète, elle est compliquée, certains diraient même tordue, mais je l'aime comme ma sœur, comme mon double, comme une amie avec laquelle on se serait vraiment juré fidélité à la vie, à la mort.

Rahel et Yulia s'affairent dans la cuisine. Je cherche un disque, j'hésite entre une musique qui écraserait tout sur son passage, U2 par exemple, et quelque chose de plus doux, de consolateur. Mon choix s'arrête sur le dernier album de Dire Straits, *Brothers in Arms*. Je ferme les yeux. Marc Knopfler est là, dans la pièce, et je jurerais qu'il ne chante que pour nous, avec tendresse et amitié :

Oh baby,
I see this world has made you sad
Some people can be bad,
The things they do, the things they say
But baby I'll wipe away those bitter tears

I'll chase away those restless fears
That turn your blue skies into grey

Why worry, there should be laughter after pain
There should be sunshine after rain
These things have always been the same
So why worry now.

Rahel me sourit de la cuisine. Elle a compris que j'ai choisi cette chanson pour elle.

Brothers in Arms : Frères d'armes.

Et sœurs d'armes, ça existe ?

Le tourbillon des épreuves reprend très vite et la litanie des consignes me donne l'impression de jouer plusieurs fois la même scène, pour le plaisir sadique d'un mystérieux spectateur.

Bible : le message d'universalisme chez le prophète Amos.

Biologie : le système de l'ADN.

Anglais : le discours de Martin Luther King, *I had a dream*.

Littérature : l'antihéros chez Dostoïevski.

Ce fut juste après l'épreuve de littérature que Jean-David eut la très mauvaise idée de m'appeler. Balbutiant, contrit, gêné, il m'expliqua en faisant mille détours et circonvolutions qu'il avait rencontré une fille à Jérusalem, et que ça marchait plutôt bien entre eux. Il était désolé mais, de toute façon, j'allais partir pour l'armée, alors nous ne pourrions plus nous voir régulièrement, j'allais rencontrer d'autres gens, commencer une nouvelle vie… Évidemment, on pourrait rester amis, il serait très heureux de me revoir. Je lui répondis par un long silence avant de lui dire au revoir, dans un souffle, dans un début de sanglot, puis je courus pleurer dans les bras de Rahel et de Yulia, longtemps.

Pour l'épreuve de maths, qui eut lieu le lendemain, j'étais habillée n'importe comment. Et si je n'avais pas versé une larme en écrivant mon devoir sur la Shoah, en revanche, les problèmes de trigonométrie que je ne parvins pas à résoudre entièrement furent couverts de petites auréoles.

J'aurai mon bac pourtant, c'est presque une certitude. Mais ça ne me fait ni chaud ni froid, pour l'heure, je suis une blessure ambulante. Lorsque les résultats arriveront, au mois d'octobre, je serai une soldate, je vivrai dans ce monde étrange où l'on entre adolescent et duquel, paraît-il, on sort adulte.

L'ARMÉE MOINS DEUX MINUTES

L'été dernier, lorsque j'ai dit à mes cousins, en France, que j'allais partir pour l'armée juste après mon bac, ils en étaient tout estomaqués. En particulier mes cousines, qui ne comprenaient absolument pas ce qui se cachait derrière ces mots. Les filles à l'armée, l'uniforme, les armes et le reste leur semblaient appartenir à un folklore mystérieux, comme un jeu où les filles se déguisent pour un temps en garçons. Je voyais bien qu'elles ne pouvaient pas comprendre qu'il s'agissait de tout autre chose, et j'ai renoncé à leur expliquer.

L'armée, ici, fait partie de notre vie. Avant l'incorporation, avant la convocation pour la première visite médicale, celle que toutes les filles redoutent en gloussant car elles savent qu'il faudra défiler toute nue par groupes de cinq devant des médecins, des hommes pour la plupart, et cette idée les terrifie.

Les soldats et les soldates sont les héros du passé, ceux qui ont gagné la guerre d'indépendance, la guerre des Six Jours et celle du Kippour, ceux qui se font tuer au Sud-Liban. Chaque année, lors de la journée du Souvenir, on nous montre des films et des photos en noir et blanc où des soldats beaux à couper le souffle lancent un sourire lumineux et fatigué à l'objectif ou à la caméra. Tous les jours, dans la rue, au cinéma, au supermarché, en boîte ou à la station d'autobus, on les croise, les fils et les filles des voisins, les copains et les copines qui étaient en terminale l'année précédente, dans leurs uniformes kaki, et plus rarement dans l'uniforme gris de l'armée de l'air. Ils rentrent de leur base ou y retournent, ils se détendent, sortent, draguent, personne ne les regarde en particulier parce qu'il y en a trop, parce que c'est normal et que tout le monde a été, est ou sera un jour à l'armée. Mais lorsqu'un soldat ou une soldate s'endort sur l'épaule de quelqu'un dans l'autobus, tous les passagers échangent des regards attendris et la personne qui sert de coussin malgré elle fait très attention à ne pas bouger, à ne pas réveiller le garçon ou la fille de dix-huit ans qui donne deux ou trois des plus belles années de sa vie au pays, comme on dit. Car, concernant l'armée, tout le monde a l'air d'accord sur un point : c'est extrêmement fatigant, mais indispensable.

L'armée et les soldats, encore. Dans les rares films produits en Israël, et les nombreuses chansons qui passent en boucle à la radio. Dans chaque album de Shlomo Artzi, mon chanteur israélien préféré, il y a au moins une chanson sur un soldat :

J'écoute à nouveau, dans mes moments de quiétude*
Janis Joplin qui chante un vieux blues sur Bob
[MacGee
Un quatuor de musique de chambre joue une musique
[pure
Et fait passer en moi les frissons de plaisirs bien
[connus
Mais je suis soldat, et ne pleure pas sur mon sort,
[petite fille
Oui, je suis soldat, et ne pleure pas sur mon sort,
[petite fille.

Ou bien :

---

* Toutes les chansons en hébreu sont traduites par l'auteur.

De nouveau dans la nuit, je rêve de toi
et je me réveille car j'ai rêvé de la façon dont
ils tirent sur toi, et te touchent,
et tu pleures.
Peut-être as-tu trouvé le repos,
parmi les soldats, ça t'est permis
et je me console, et je couche avec elle, oui,
un peu comme si c'était à ta place.

Cette nuit n'est pas tranquille
et tu es… mort.

Et cette autre chanson, qui a donné son titre à l'album qui vient de sortir, «La chaleur de juillet-août»:

La chaleur de juillet-août était très lourde alors,
Midi, la section marchait dans le Wadi.
Écris dans le livre, une page au moins, il s'agit de
[la guerre,
Écris que les blessés tremblent, et c'est normal.

Dans ce disque, que j'ai écouté comme s'il avait été écrit spécialement pour moi, comme si ces mois d'été, les deux derniers de ma vie avant l'armée, étaient vraiment les miens, résumés en quinze chansons, il y a l'amour qui s'achève dans la peine et la culpabilité, la nostalgie d'un passé toujours très tendre, et la noirceur de cette Intifada qui nous ronge depuis neuf mois et qui, selon certains, nous fera perdre notre âme.

Enfin, *last but not least*, l'armée, pour les garçons, c'est les filles, et pour les filles, c'est les garçons. C'est-à-dire que chacune (prenons le cas des filles) espère trouver, dans cet immense catalogue de garçons âgés de dix-huit à vingt et un ans, celui qu'elle attend et qui tarde à venir, celui qui exprimera quelque chose comme : «Je suis un homme, un vrai, très fort et très sensible, je suis là pour te protéger. » Et les autres, celles qui ont déjà un amoureux, vivent avec la peur au ventre : elles font des cauchemars toutes les nuits à l'idée qu'une ravissante soldate, une bombe à qui le kaki irait merveilleusement bien, se place sur le chemin du garçon éloigné de sa petite amie et se propose de le consoler. L'armée est, entre autres, notre collection Harlequin.

Nous sommes un pays de fous situé entre les chansons, la mer et la guerre. Un pays où la mort est envisageable, dès dix-huit ans, mais cette éventualité ne rend personne plus intelligent. Un pays où l'on est persuadé que l'amour se cache dans les bases entourées de barbelés, sous une tente de toile grossière, dans un sac de couchage épais. Je vis ici, je connais et je comprends tout cela presque physiquement. Pourtant, je me sens encore étrangère.

Pendant de longs mois j'ai eu le temps d'imaginer le dernier jour avant la date fatidique. Je serais allée avec Jean-David à la piscine, j'aurais joué au tennis avec lui, j'aurais gagné, bien sûr, disons par 6-4, 6-4 et 7-5, il m'aurait embrassée en murmurant : « Bravo, mon colonel », puis nous serions rentrés chez moi, où la bande nous aurait rejoints, Yulia, Rahel et son copain Freddy, Ilan, Rafi, Tova… Ilan serait venu avec sa guitare, ils auraient tous chanté des chansons russes que je ne comprends pas mais que j'adore, Jean-David et moi aurions répliqué avec Gainsbourg ou Jonasz, et ma mère aurait souri, les larmes aux yeux en nous prenant tous en photo et en répétant que nous sommes « une belle jeunesse ». Jean-David serait resté dormir à la maison, j'aurais supplié maman durant des jours pour qu'elle m'accorde cette faveur, et le lendemain matin, le 19 septembre, il m'aurait accompagnée au bureau de recrutement, on se serait embrassés longuement sous les regards attendris de mes amis, et les quarante filles enrôlées le même jour dans la ville de Beer-Sheva auraient été partagées entre la jalousie et l'admiration, en me voyant quitter un petit ami si mignon, si français, avec sa peau claire, sa veste grunge et ses Marlboro rouges.

Nous sommes le dix-huit septembre, et rien ne se passe comme prévu. L'élément central du scénario manque cruellement à l'appel et depuis ce matin je répète à voix basse : « Salaud, salaud, salaud. » Je n'ai même plus mal, comme tout l'été que j'ai passé les yeux rougis à écouter en boucle Gainsbourg, Jonasz et Elton John. Je lui en veux violemment de gâcher mon film.

Ce matin, je suis allée travailler au Superpharm, pour la dernière fois. Tout le monde m'a fait la fête, ils ont même accroché des ballons dans la réserve, et une affiche : « Soldate, pars en paix et rapporte-nous la paix. » J'ai trouvé l'ensemble ridicule et touchant. Ils m'ont aussi offert un lait pour le corps de Nina Ricci. Je les ai remerciés chaleureusement, même si je sais qu'avec les trente pour cent de réduction auxquels les employés ont droit, ça n'a pas dû leur revenir bien cher. J'aurais préféré le parfum et j'enrage parce que personne n'y a pensé. Je suis d'une humeur de dogue, j'entends des grincements dans ma tête et je souris, j'embrasse, je ris aux blagues faciles sur l'armée que j'ai entendues cent fois, j'acquiesce vigoureusement aux propos rabâchés :

« Tu vas voir, tu vas mûrir… L'armée change tout… La maison va te manquer… Et ne parlons pas des repas de ta mère ! C'est pour le pays, c'est bien, il faut donner au pays… C'est une expérience, l'école de la vie… » Je me retiens. Je me contiens. Je réponds par de vagues onomatopées que personne n'écoute puisque je ne suis pas là pour parler, je suis là pour entendre la sagesse bienveillante du peuple fier de son expérience, heureux de raconter pour la millième fois ses propres souvenirs militaires, et l'inévitable « à l'époque, c'était tout de même plus dur » revient sur toutes les bouches. Ils sont gentils, ils m'ont fait un cadeau, ils ont même acheté deux tablettes de chocolat blanc, toujours avec trente pour cent de réduction, ils me laissent à peine travailler, « avec tout ce qui t'attend dès demain, il faut te ménager », mais j'ai envie de les envoyer à Gaza, comme on dit ici, j'ai envie de leur dire d'aller se faire foutre avec leurs phrases qui ne me disent rien, qui ne me parlent pas, je me sens de plus en plus de mauvais poil, malheureuse, enragée, sans pouvoir m'expliquer vraiment pourquoi. Je prétexte un mal de tête pour partir plus tôt et personne ne bronche. D'ailleurs, ce n'est pas un mensonge : la douleur sourde que je connais bien lorsque je suis très tendue résonne déjà sous mon crâne. J'enlève ma blouse bleue, pour la dernière fois. Je pointe. 15 h 27.

Je vais aux toilettes et mon regard tombe sur la fameuse affiche des dix commandements. J'ai dans mon sac un gros marqueur rouge. Je le prends, il devient tout chaud au contact de ma main, ou est-ce ma main qui devient chaude à son contact, j'ai déjà oublié les cours de physique-chimie qui auraient dû m'éclairer sur cette question. Je visse et je dévisse le capuchon. J'hésite, mais ce n'est pas par la crainte d'être surprise. En fait, je n'ai pas réfléchi à ce que je pourrais écrire. Il faut un mot, une phrase percutante qui dirait tout, quelque chose de définitif qui exprime la révolte, comme les slogans de mai 68 dont je collectionne les photos. Un aphorisme, une concision, un mot inventé, un trait de génie. Je me décide enfin pour : « Et Dieu dit : que le capitalisme sauvage soit, et le Superpharm fut. » Et je note la référence : Genèse des travailleurs exploités, chapitre I, verset 7.

Je lance un au revoir pressé à la cantonade et enfourche mon vélo. Je me fiche totalement d'être rattrapée, ça me ferait même bien rire de voir leurs têtes lorsqu'ils se presseront à dix dans les toilettes pour commenter mon acte ingrat, mais il faut que je rentre à la maison, vite. Ma tête explose.

L'appartement est vide. J'avale trois aspirines. Mes affaires sont posées sur mon lit, soigneusement préparées par maman selon la liste que l'armée m'a envoyée. Les sous-vêtements doivent être blancs, les chaussettes blanches ou noires, et il est précisé « sans dentelles, liséré de couleur, dessin ou autre ornement. » Les bijoux sont totalement interdits durant les classes. Je dois prévoir des vêtements de rechange pour deux semaines. Je sais que je pars demain. J'ignore quand j'aurai ma première permission de sortie.

Je contemple les petites piles aux angles droits parfaits, la petite trousse de toilette toute neuve, achetée pour l'occasion. On pourrait croire que je vais en colo. Ou faire une randonnée. Mais qui a déjà fait deux ans de colo ? Je suis prise soudain d'une bouffée d'angoisse. Et si je rédigeais mon testament ? C'est peut-être le moment. Demain, à la même heure, je serai si loin… J'ajoute aux affaires préparées mon baladeur, et les cassettes de Dire Straits, Elton John, Terence Trent d'Arby, U2, Shlomo Artzi. Je prends aussi Goldman, Gainsbourg et Jonasz, pour emporter un petit bout de France avec moi. Et puis un livre. *Gros-Câlin,* de Romain Gary, que je viens d'emprunter à la bibliothèque du centre culturel français. J'ai déjà lu *L'Angoisse du roi Salomon*, et j'ai eu envie de rire et de pleurer. C'est à ça que je définis un bon livre. Quand le sourire et le désespoir sont mêlés.

Aurai-je le temps de lire ? Peu importe. Il faut toujours avoir un livre sur soi. Et un carnet pour écrire. C'est un nécessaire de survie.

Le téléphone sonne. J'hésite un peu. C'est peut-être le directeur du Superpharm qui appelle pour me dire à quel point il est peiné par mon ingratitude. Après tout ce qu'il a fait pour moi... Partir ainsi, en souillant les dix commandements ! Je n'ai pas envie de l'écouter. Je n'ai pas envie de m'expliquer. Et le téléphone continue de sonner. Nous n'avons pas de répondeur, c'est trop cher, ce n'est pas grave. Je ne saurai pas si c'était lui, ou quelqu'un d'autre.

J'attends que la sonnerie s'arrête pour soulever le combiné. Il faut que je parle à quelqu'un, que je me décharge de ma nervosité. Liouba, la sœur de Yulia, me répond que sa grande sœur est sortie en ville, peut-être avec Rahel, elle ne sait pas exactement. La mère de Rahel me répond que sa fille est sortie, peut-être en ville, peut-être avec Yulia. Et elle me souhaite bonne chance pour mon service militaire. Bonne chance... Je ne vois pas le rapport avec la choucroute mais je remercie poliment. Je suis française, et j'ai toute une réputation nationale à préserver dans le domaine de la politesse.

J'essaie à présent de joindre Freddy, le copain de Rahel. Il est grand, très large d'épaules, et ses yeux verts donnent toujours l'impression qu'ils écoutent la personne qui est en face de lui. Je l'adore. Rahel se crispe dès que je dis ça. Mais c'est la vérité, et je n'y vois pas de mal. Freddy s'est engagé il y a huit mois, dans le génie combattant. Il a été distingué comme le soldat le plus brillant de sa promotion. Mais il ne supportait pas qu'on continue à lui donner des ordres qu'il jugeait parfois stupides, après avoir fait ses preuves durant les six mois de classes, après avoir prouvé qu'il était excellent. Alors il a déserté, c'est-à-dire qu'il est rentré chez lui un vendredi soir, il y a deux semaines, et qu'il n'en est pas reparti le dimanche matin. L'armée le recherche assez mollement pour l'instant, et nous, nous profitons de sa présence, de sa voiture, de ses talents de cuisinier et de sa voix claire qui sait chanter mieux que quiconque en hébreu. C'est normal, il est né ici, cette langue est la sienne, il place instinctivement les accents chauds aux bons endroits, sans se poser de questions sur le nombre de syllabes ou sur la structure du mot. Il est le grand frère que j'aurais aimé avoir. Depuis des années, j'ai le sentiment que ç'aurait résolu tous mes problèmes.

Mais personne ne répond chez Freddy, et je raccroche, déçue. Où sont-ils tous ? Pourquoi Yulia, et *a fortiori* Rahel, ont-elles choisi justement ce jour pour disparaître dans la nature? Justement cet après-midi où j'avais besoin d'elles, ça allait sans le dire, mais non, j'aurais mieux fait de le leur dire:

«Euh, les filles, je pars à l'armée le 19 septembre. Si ça ne vous ennuie pas, j'aimerais bien que vous soyez dans les parages le 18. Qui sait? J'aurais peut-être besoin d'échanger deux ou trois mots avec vous. Enfin, si vous avez mieux à faire, n'hésitez pas, agissez comme si je n'étais pas là, je ne veux surtout pas empiéter sur votre liberté, je sais ce que c'est. Dans moins de vingt-quatre heures, je n'en aurai plus...»

Je sors faire un tour dans le quartier, au cas où elles seraient sur la pelouse, sur un banc, en train de discuter tranquillement sans se soucier de moi. *Nobody.* Je remonte à la maison prendre ma raquette et mes balles et je vais faire du mur au club de sport, juste en face de la maison. Au bout d'une heure de coups droits rageurs, je décide que j'ai gagné face à moi-même par 6-4, 6-4, 7-5. La dernière balle m'a semblé litigieuse mais je ne l'ai pas contestée.

Maman m'accueille avec un grand sourire.

– Où étais-tu passée? Ta sœur t'a appelée de

la base, pour te souhaiter bonne chance. Elle est désolée, on ne la laisse pas sortir ce soir.

Sonia est dans l'armée de l'air depuis un an, dans une immense base, à sept kilomètres d'ici. C'est une base cinq étoiles, comme toutes celles de sa catégorie. Les pilotes sont des demi-dieux. On met à leur disposition des courts de tennis, des piscines, des cinémas, des salles de musique, un supermarché. Sonia s'éclate bien. Elle a des permissions régulièrement, et le reste du temps elle mène une vraie vie dans sa base de luxe. Elle aussi estime qu'il faut invoquer la chance.

— Je suis allée faire quelques balles toute seule. Personne d'autre n'a téléphoné, à part Sonia ?

— Non.

— Ni Rahel, ni Yulia, ni Freddy ?

— Non, non, personne.

Dépitée, j'ai une tête de dépitée. Ça ne se dit pas mais j'ai envie de le dire. Maman s'inquiète :

— Quelque chose ne va pas ?

— Non, non, *everything is OK*.

(J'ai l'impression que, lorsque je parle en anglais, j'ai l'air plus détachée, moins vulnérable.)

— Ç'a été, au Superpharm ?

— *Perfect, absolutely perfect*. Ils ont gonflé des

ballons, éclaté les ballons, scotché des guirlandes dans tout le dépôt, c'était génial, j'avais l'impression d'avoir trois ans.

– Tu es cynique…

– Mais non !

– Mais si ! Lorsque tu parles en anglais, tu es cynique. Je te connais comme si je t'avais faite.

– *Primo*, j'ai un peu changé depuis que vous m'avez conçue. *Secundo*, c'est pas le moment de faire de l'humour. *Tertio*, c'est toi qui cuisines ce soir ou c'est papa ?

– C'est ton père. Il a pensé à une pizza, ça te convient ?

– *That's perfect, abso…*

Je fonce sur le téléphone, qui s'est décidé à sonner. À l'autre bout, une voix joyeuse :

– Valérie ? Comment vas-tu ma mignonne ?

Cette habitude qu'ont les gens de ne pas se présenter au téléphone ! Ça m'agace, mais ça m'agace ! Que pensent-ils ? Que j'ai un visio-phone implanté dans l'hémisphère gauche ? Je réponds donc :

– Je n'ai pas de visiophone implanté dans l'hémisphère gauche. Qui est à l'appareil ?

– Ah, tu fais de l'humour ! C'est Catherine

(une amie de maman). J'appelais pour te souhaiter bonne chance, et pour consoler ta mère, la pauvre. Elle doit être triste... Deux filles à l'armée...

– Non, elle n'est pas triste, elle est folle de joie. Elle enterre ce soir sa vie de jeune mère, d'ailleurs. Si tu veux la rejoindre, elle sera en boîte à minuit. Tu comprends, elle se débarrasse enfin de nous. Dix-huit ans, c'est largement suffisant pour faire le tour de ses enfants.

Un rire un peu gêné me répond. Maman me lance un regard noir. Je lui tends l'appareil en haussant les épaules et je m'enferme dans ma chambre. Le prochain qui me souhaite bonne chance, je le transforme en sauce bolognaise.

Shlomo Artzi me chante qu'il est soldat, et que je ne dois pas pleurer, moi, la petite fille. Je pense soudain que dans toutes, mais absolument toutes les chansons sur l'armée que je connais, il est question de soldats, et jamais de soldates. Si j'avais besoin d'une raison supplémentaire pour déprimer, la voilà : faites deux ans d'armée, les filles, mais de grâce, soyez discrètes ! N'apparaissez surtout pas dans les chansons !

Il est 18 h 30.

Lorsque Jean-David m'a quittée-larguée-abandonnée-détruite, j'ai compris qu'on pouvait toucher le fond du fond sans mourir pour autant. J'ouvre *Gros-Câlin* au hasard. Pour lire une phrase sans rien savoir de ce qui précède, et la relire ensuite dans son contexte, avec le sentiment de retrouver un vieil ami réconfortant. Je n'en reviens pas :

« Et il est parti, comme ça, avec sous-entendu. Je suis rentrée chez moi et j'ai fait une angoisse terrible, sans raison : ce sont les meilleures. Je veux dire, les angoisses prénatales sans aucune raison définie sont les plus profondes, les plus valables, les seules qui sont dans le vrai. Elles viennent du fond du problème. »

Je ne sais pas encore si je suis d'accord avec Romain Gary, mais c'est bien dit.

Le téléphone sonne, re-sonne, et sonne encore. Chaque fois je bondis, maman ne fait même plus un geste dans sa direction. Ma grand-mère, ma tante, mon oncle, ma sœur m'appellent et me prodiguent des paroles d'encouragement, comme à un grand sportif avant une compétition décisive, comme à un condamné qui va purger sa peine. C'est gentil. Mais j'attends d'autres appels. Sans trop y croire maintenant, et tout en les espérant quand même.

Il est environ 19 heures au moment où je m'apprête à éclater en sanglots. La boule d'angoisse est dans ma gorge, il faut bien que ça déborde. L'interphone sonne. C'est sans doute mon père, qui s'est souvenu que je devais me coucher tôt pour être fraîche, reposée et sereine demain, alors il vient enfin préparer sa pizza que je mangerai sans appétit, triste et nouée. Je vais répondre sans enthousiasme :

– Oui ?

J'entends des bruits incompréhensibles puis, en chœur :

– C'EST NOUS !

Eux ? Oui, c'est eux ! Dans les voix qui se sont mêlées j'ai reconnu Rahel, Yulia et Freddy. Ils ont vite grimpé les marches et ils sont déjà là, les bras chargés de plateaux, de cadeaux, ils m'embrassent et me serrent dans leurs bras :

– Alors, tu as cru qu'on t'avait oubliée ? me demande Rahel, en me souriant d'un air complice.

– Non, non, pas du tout…

– Menteuse ! me lance Yulia en me donnant une petite tape sur le nez, tu as l'air aussi crédible que Pinocchio !

— Mais non, j'avais deviné que vous me feriez une surprise ! J'attendais gentiment votre arrivée en bouquinant…

Je n'ai pas le temps d'achever ma phrase que j'éclate en sanglots. À contretemps, mais je n'ai pas pu me retenir, c'est monté tout seul. Ils m'entourent, me font asseoir sur le canapé.

— C'est l'émotion, dit Ilana, qui est là aussi.

— Ne t'inquiète pas, j'ai apporté de quoi traiter ce genre de symptôme, répond Ilan, en brandissant sa guitare.

— Alors, que la fête commence ! s'écrie Freddy, en découvrant les plateaux chargés de feuilletés au fromage, de pizzas, de crêpes salées.

— J'ai travaillé toute la journée avec mes deux assistantes, ajoute-t-il, en passant affectueusement les bras autour des cous de Rahel et Yulia.

Un flash crépite. C'est maman qui les prend en photo. Elle a raison, ils sont beaux tous les trois, ils ont les yeux brillants de sourires et d'amitié, du bonheur de m'avoir préparé cette surprise. Je respire nettement mieux, tout à coup. Nous mangeons, nous buvons, nous parlons de ce que je ressens, moi, la première fille de notre bande à partir pour l'armée. Je dis :

– J'ai peur, je suis morte de trouille. Et je ne tiens pas en place. J'ai hâte d'être déjà demain, de savoir ce qu'ils veulent faire de moi.

– Tu ne sauras pas grand-chose, me répond Freddy. Tu connaîtras juste la base où tu vas faire tes classes, et les filles qui seront avec toi sous la tente. Les classes, surtout pour les filles, c'est l'antichambre de l'armée, la préface. Il s'y passe plein de choses qui n'ont rien à voir avec ce que tu vivras par la suite.

– Prends les choses comme elles viennent, dit Ilan. De toute façon, tu ne décides rien. Ils choisissent ton rôle, ta place, tu seras une soldate parmi d'autres, un tout petit maillon de Tsahal.

– Laissez-la tranquille, intervient Rahel. Vous l'angoissez avec votre sagesse à deux sous !

– Comme le temps a passé, murmure Yulia, le regard lointain. Je me souviens du jour où tu as mis les pieds au collège, sans parler un mot d'hébreu, essayant de te faire comprendre en anglais mais ton accent français amusait tout le monde, et du coup personne ne t'écoutait vraiment. Tu avais l'air si étrangère, si perdue... Et aujourd'hui tu parles aussi bien que nous tous, tu aimes les mêmes chansons que nous, et tu pars pour l'armée comme nous...

Nous pensons tous à ces heures de discussions où nous avons refait le monde, où nous nous sommes disputés ardemment parce que nous ne partagions pas les mêmes opinions politiques. Les soirées ratées, les soirées réussies, les films holly-woodiens à l'eau de rose et ceux de Woody Allen, *Madame est servie*, *Fame*, dont nous n'avons raté aucun épisode, les concerts de Shlomo Artzi, les nouvelles incroyables qu'on s'annonçait tous les deux jours au lycée ou tard le soir, au téléphone, sous l'œil furieux de nos parents qui songeaient sérieusement à fonder une association de lutte contre les bavardages de trois heures au téléphone. Les virées dans les pubs de Beer-Sheva, de Tel-Aviv ou de Jaffa, les premières tequilas frappées, les premières fois tout court, dans l'ordre moi, puis Rahel, et dernièrement Yulia, avec un bénévole hollandais dans un kibboutz où elle a passé deux semaines. Les cuites tristes, gaies ou philosophes, les livres qu'on a commencé à écrire, pour être sacrées jeunes romancières de génie (Yulia et moi), les livres sur lesquels nous avons pleuré, le rêve mille fois exprimé de voir Dire Straits en concert (Rahel et moi), ce qui unit les garçons et les filles, ce qui les sépare, l'amitié est-elle possible entre un garçon et une fille (Freddy et moi), le bac, dont nous n'avons toujours pas les résultats et dont on se fiche ce soir, les amours de toujours qui durèrent trois jours, les voyages à Eilat, au bord de la mer Rouge, quarante degrés à l'ombre, Rahel se tartinant de crème solaire indice quatre-vingt-dix, Yulia et moi étalant à peine une huile indice quatre, toutes les trois heures, pour être bronzées à croquer, notre peau à vif, le soir, douloureuse au moindre contact, le regard moralisateur de Rahel. Les petits mots ou expressions russes et françaises, apprises au fil du temps : « Kak dilla ? Haracho. Ya hatchou damoï. Ya tibia lioublou. Spakoïne notche. Pajalousta ! Shto ti hotchitch ? Kto ta koya ? Priviet. Comment ça va ? Ça va bien. Je t'aime, mon amour. On ira où tu voudras quand tu voudras. Je vois la vie en rose », les questions, les réponses, les doutes, les profs ridicules, fascinants, notre vie, nos années d'adolescence défilent devant nous et nous découvrons un sentiment inconnu, doux et triste, quelque chose qui serre le cœur, qui nous retourne parce que nous nous sommes nous-mêmes retournés et avons jeté un coup d'œil en arrière : nous éprouvons pour la première fois une immense nostalgie.

— Et si tu ouvrais tes cadeaux ? propose Rahel, qui a, comme nous tous, les yeux légèrement mouillés, mais qui ne tient pas tant que ça à céder à l'attendrissement.

Ils font cercle autour de moi, guettant mes réactions qu'ils ont certainement anticipées.

Les copains les plus éloignés, comme Ilan ou Ilana, ont fait dans le classique : un gel douche parfumé à la framboise, des boucles d'oreilles, une palette de maquillage. Rahel, Yulia et Freddy se sont unis pour me faire vraiment plaisir, ou me surprendre. Une cassette de Danny Robas, qui est en train de concurrencer Shlomo Artzi au hit-parade, des poèmes de Yonatan Geffen, le plus sensible et le plus ironique de nos poètes-journalistes-écrivains, et un nécessaire de survie plutôt rigolo, avec plein de petits paquets que je dois ouvrir selon un ordre précis. Dans chacun d'eux, une note explicative :

— une boîte de préservatifs, pour les situations de tendresse urgente,

— deux paquets de mouchoirs, pour les soirs de grand blues,

— des bandes de cire froide, à utiliser impérativement avant la tendresse urgente,

— des cachets d'aspirine, pour soulager ma tête de mule,

— une lampe de poche, pour voir la lumière au bout du tunnel,

— un grand T-shirt sur lequel est imprimé « deux ans de vacances », pour faire de beaux rêves,

— un nez de clown, pour rire au moins une fois par jour en me regardant dans une glace,

— vingt-cinq jetons téléphoniques, pour les appeler à minuit en disant : « J'ai un truc incroyable à vous raconter »,

— un petit album avec un best of de nos photos, pour ne pas oublier que j'ai des amis qui sont toujours là.

Je dis merci, je les embrasse, je les décore solennellement de la médaille des meilleurs amis du monde. Ilan commence à gratter sa guitare et chante une chanson de Vladimir Vissotski, le Léo Ferré russe, d'après ce que j'ai compris. Puis nous chantons en hébreu, tandis que maman nous prend en photo sous toutes les coutures. Je suis bien. Demain n'est plus palpable.

AUX ARMES, ETC.

Maman me réveille plus doucement qu'à l'accoutumée. Il est six heures et demie, je dois être au bureau de recrutement dans deux heures. Je marmonne :

— Mmm… il est tôt, laisse-moi dormir encore un peu.

— Non, rétorque-t-elle fermement. On ne part pas à l'armée dans la précipitation.

Je m'extirpe des draps, la tête un peu lourde. Je sais que j'ai rêvé de Jean-David, qui était dans un tourbillon dont je ne pouvais m'approcher. Il avait son éternel sourire ironique aux lèvres et ne remarquait pas mes efforts au début, ni ma détresse ensuite. Il y a eu ensuite un coup de feu, mais ce n'était peut-être que le bruit de la porte, lorsque maman est entrée dans ma chambre.

Je file à la salle de bains, où j'ai l'impression d'agir mécaniquement. Comment un corps peut-il effectuer toutes sortes de gestes tandis que l'esprit est absent, inerte ? Je me promets de chercher un livre sur la question. Je pars du principe rassurant que toutes les réponses se trouvent dans les livres.

Maman a concocté un petit-déjeuner cinq étoiles. Des pancakes, du fromage blanc au sirop d'érable, un vrai chocolat chaud, du jus d'oranges pressées : elle a dû se lever à cinq heures pour tout préparer, pensant me faire plaisir, sans imaginer que ça évoquerait pour moi le dernier repas du condamné, de la condamnée en l'occurrence. On me donne ce qu'il y a de meilleur, avant de me laisser affronter le pire. J'exagère. Disons que pour l'instant je vais affronter l'inconnu, ce qui est déjà amplement terrifiant.

Mon festin terminé, je descends faire un tour dans le quartier. Je passe lentement devant les bancs, les balançoires, les petits coins d'herbe. Puis je contourne notre bâtiment, je regarde longue-ment le lycée qui se découpe sur le désert, les fenêtres de Yulia, celles de Rahel. Je m'imprègne de chaque détail, je prends en photo le décor de mon adolescence, comme j'ai pris cinq ans plus tôt le paysage de mon enfance dans mes yeux, avant de quitter la France.

Freddy a proposé de m'emmener en voiture au bureau de recrutement. Je lui ai rappelé qu'il était considéré comme déserteur, et que ce n'était peut-être pas un endroit très accueillant pour lui. Il m'a répondu en riant que sa photo n'était pas affichée dans toutes les bases avec la mention « *Wanted* ». Il a ajouté que se jeter dans la gueule du loup, c'est encore la meilleure façon d'échapper à son regard. J'ai senti Rahel inquiète, mais elle n'a rien dit.

À 8 heures, ils sont tous là.

Ilan, qui vient de passer son permis, est venu avec la voiture de sa mère. Deux voitures ne sont pas de trop, ils sont dix à m'accompagner. C'est une escorte présidentielle, un hommage sans précédent, le sacre populaire ! Ils ont formé une haie d'honneur et me font un salut militaire. De plus en plus envie de pleurer, comme hier, mes glandes lacrymales tournent à plein rendement, et font même des heures sup non rémunérées. Je suis la Grande Exploitatrice des glandes lacrymales.

Freddy met Shlomo Artzi à fond, *Mais je suis soldat, et ne pleure pas petite fille*, et nous couvrons sa voix en hurlant *Mais je suis soldate, et ne pleure pas petit garçon*, Ilan klaxonne derrière nous, au rythme d'une chanson de Sting. Ce n'est plus une fanfare, c'est une expérience pour tester le seuil de tolérance au bruit des habitants du quartier. Mais personne ne bronche. Ils savent bien que l'automne est la grande saison des moissons, et que les blés ont dix-huit ans.

Devant le bureau, c'est la foire aux soldates. On crie, on s'embrasse, on rit, on pleure. Les filles qui partent, comme moi, sont facilement repérables : elles sont entourées d'un cercle d'amis et de parents, accrochées au cou d'un amoureux. La chaleur qui les enveloppe est palpable. Une dose d'amitié, une dernière ration d'amour, un bisou pour papa, un bisou pour maman, un bisou pour le petit frère muet d'admiration. (Il y en a un de six ou sept ans déguisé en soldat. Tout le monde le regarde, attendri. Je détourne les yeux, gênée.)

Les parents aussi sont reconnaissables : ils ont quarante-cinq ans plutôt que vingt, bien sûr, mais ils ont surtout les yeux humides, un air à la fois fier et angoissé. Ils échangent entre eux des regards de contrebandiers. Ils semblent se comprendre sans se parler.

La presse est là. À l'approche des photographes, la plupart des filles prennent des poses qui se veulent naturelles, espérant être dans le journal le lendemain avec la légende : «Soldate moins dix minutes» ou : «Le plein d'amour avant l'uniforme».

Machinalement, j'enlève mes lunettes. Yulia bat des paupières *prestissimo*.

«Amies et rivales, toujours», je murmure pour moi-même.

Soudain, un frémissement parcourt la foule. Un soldat, qui se prend pour le chef d'état-major, ou au moins pour une réplique de Rambo, vient de monter sur le marchepied de l'un des autobus, qui ronronne déjà. Il toise la foule quelques secondes, un petit sourire sadique et ravi aux lèvres. Il est rempli de la joie que lui confère son pouvoir de quelques minutes sur toutes ces filles qui le dévorent des yeux, comme s'il tenait leurs destins entre ses mains alors qu'il n'a qu'une liasse de papiers qu'il feuillette d'un air faussement négligent. Le silence s'installe. Il se gratte la gorge et commence son petit numéro.

J'ai l'impression d'être en 14, lors de la mobilisation générale.

— Mesdames, messieurs, soldates ! Nous allons

procéder au tirage au sort... Je plaisante. À l'annonce de votre nom, vous êtes priées de monter dans le bus en me donnant votre ordre d'appel. Je vous demande de ne pas prolonger les adieux, c'est très mauvais pour la santé et... ça ne vous fera pas maigrir pour autant.

— Ha, ha, ha, ricane Yulia, méprisante.

Je voudrais réagir comme elle, et le traiter tout haut de pauvre con. Mais je suis pétrifiée à l'idée qu'il est le premier idiot en uniforme que je croise sur ma longue route, et sûrement pas le dernier.

— En plus, il est moche, dit Rahel, pour me réconforter.

— Tu vois, c'est un *jobnik**, me glisse Freddy. Regarde-le bien, et tu sauras tous les reconnaître. Je ne sais pas pourquoi, ils ont un air de famille.

— La connerie *est* un air de famille, lance Ilan, sentencieux.

Le jobnik nous lance un regard furieux. Vu la distance qui nous sépare, il n'a rien entendu. Mais le simple fait qu'on parle est une atteinte au res-

---

* Terme désignant les «bons à rien» planqués dans un poste sans danger et sans intérêt.

pect muet qu'il attend de nous. Il commence sa litanie :

— Avnéri Tali…

Une petite boulotte frisottée éclate en sanglots et se serre compulsivement contre sa mère. La foule s'écarte pour les laisser passer et c'est comme un signal : les effusions reprennent de plus belle, dans un brouhaha que cherche à couvrir la voix nasillarde du jobnik.

— Berrebi Ronit…

J'embrasse tout le monde dix fois, dans un sentiment de vaine urgence. Ils me disent plein de phrases gentilles qui s'emmêlent, et que je n'entends pas.

Mes parents sont au paroxysme de leur émotion, les larmes coulent. Maman s'excuse :

— Je m'étais juré de ne pas pleurer, je ne voulais pas…

Je lui murmure à l'oreille :

— C'est pas grave, tu ne peux pas être différente des autres. Et puis tu vois, au bout du compte, on a beau se lever tôt, on part à l'armée dans la précipitation.

Elle sourit à travers ses larmes. Papa me serre très fort et chuchote quelque chose qui ressemble à : « Fais attention à toi. » Les copains lancent des phrases censées me faire rire.

En hébreu, la lettre Z est la septième de l'alphabet. Je ne vais pas tarder à entendre mon nom.

– Varchavski Tami… Zenatti Valérie…

Je me mords les lèvres, tente de garder l'équilibre avec mon sac de trois tonnes, et je tends ma feuille d'appel au roi des cons, qui la prend en prononçant déjà le nom suivant.

Je choisis la seule place encore libre côté fenêtre. La foule s'est massée autour du bus, certaines personnes font de grands signes d'amour, d'adieu, d'encouragements. Notre bus se remplit très vite, la porte coulisse, il s'ébranle, les visages disparaissent trop rapidement.

Je me cale sur mon siège et je ferme les yeux.

C'est fini. Et ça commence.

Le bus est déjà sorti de la ville, il roule à travers le désert en direction de Tel-Aviv. C'est une route que j'ai empruntée des dizaines de fois, et pourtant, aujourd'hui, j'ai l'impression de ne pas savoir où elle me mène. J'ai sorti mon baladeur. Je veux écouter la cassette de Danny Robas, que m'ont offerte les copains.

Ça commence bien :

Je roule sur une autoroute,
le contact de l'hiver, dans l'air,
et au travers de la vitre, le paysage défile devant moi,
comme je défile devant lui.

Un coup de coude dans les côtes m'arrache à la chanson, qui m'apparaît d'ores et déjà comme mon hymne personnel. J'ôte mes écouteurs. Ma voisine a un regard réprobateur :

— Tu te crois en voyage organisé pour Eilat, ma jolie ? T'as pas pigé que tu étais soldate depuis dix minutes ?

— Je ne vois pas où est le problème.

— Le problème ? Il est à deux mètres cinquante de toi, mesure un mètre soixante-dix et ressemble à un veau, en moins intelligent. Nous sommes sous son autorité jusqu'à la base d'accueil.

— OK ! *So what ?*

— Il vient de dire que les baladeurs étaient interdits.

— Mais on n'est pas dans un avion en plein décollage ! lui rétorqué-je, outrée.

– Je sais pas, j'ai jamais pris l'avion. En revanche, ce dont je suis sûre, c'est que tu dois atterrir, sinon tu n'iras pas loin comme ça. Tu te planteras le nez profond dans les ennuis.

– Tu me remplis d'optimisme. Tu es l'ange des bonnes nouvelles.

– Et toi tu m'amuses déjà. Tu ne ressembles pas aux autres. On dirait que tu es tombée là par hasard. Un peu comme, comme… (Elle cherche une métaphore.)

Je décide généreusement de l'aider :

– Comme la merde d'un oiseau ?

Ses yeux s'écarquillent sous le choc. Elle proteste :

– Tu dois venir de la planète « Dingo ». On vient de découvrir qu'elle faisait partie de notre système solaire.

– Oui, c'est ça. Tu es très fine, ange des bonnes nouvelles. Et pour tout te dire, je suis venue espionner la deuxième armée la plus puissante au monde, ou bien la quatrième, je ne sais plus…

– Tu vas être servie. S'ils ressemblent tous au veau dont toi et tes copines vous foutiez furieusement tout à l'heure, tu auras du mal à comprendre la puissance de Tsahal.

– Tu te trompes, être humain sans imagination. Ce ne sont pas les veaux, ni même les garçons, qui sont l'objet de mon étude. C'est l'armée dans sa globalité. Point final, va à la ligne et commence un nouveau paragraphe.

– Eh, tu as un logiciel hyperperformant dans le cerveau ! siffle-t-elle, remplie d'admiration. J'espère qu'on ne sera pas séparées tout de suite à la base d'accueil. Tu as déjà une idée de ce qu'ils vont faire de toi ?

– Mmmouais… peut-être. Depuis un an ils m'ont convoquée quatre fois pour que je fasse des tests psycho-machin-truc-métriques. Apparemment pour les services de renseignements. Mais rien n'est sûr…

– Ouah ! Je suis tombée sur un QI pur et dur !

Je hoche la tête, pleinement en accord avec elle. Il est temps que je m'intéresse à son cas :

– Et toi, tu sais où tu vas aller ? Tu sais ce que tu voudrais faire ?

– Ouais. C'est déjà tout tracé. Je vais être formatrice sportive.

Autant d'assurance m'épate. Je la regarde plus attentivement. Nous sommes toutes deux assises mais il me semble que nous avons la même taille, dans les un mètre soixante-quatre. Elle est musclée, pour ce que je peux voir de ses bras et de ses jambes. Ses cheveux châtains sont coupés très court, c'est la coupe «hérisson», très en vogue depuis l'an dernier. Je ne sais pas pourquoi, mais j'imagine que les filles qui l'arborent sont toutes sûres d'elles, sportives et sociables. Bien dans leur peau en somme. Ses traits sont carrés, elle a la peau claire, et ses yeux verts sont tout plissés, comme si elle se moquait du monde depuis toujours, et pour toujours. Cette fille m'inspire confiance. J'espère comme elle que nous ne serons pas séparées à la base d'accueil.

— Je t'informe, pour enrichir ta culture générale, que je m'appelle Valérie Zenatti.

— Ravie, enchantée, mes respects… Quant à toi, tu as l'immense privilège de t'adresser à Eynat Haïmovitch.

— Je suis confondue… Eynat Haïmovitch, penses-tu qu'il soit également interdit de dormir?

— Le petit veau n'a rien dit à ce sujet.

— Alors excuse-moi, mais il faut que je ferme les yeux. J'ai comme le sentiment que ça ne me sera pas possible très souvent, prochainement.

— De ta bouche sors la vérité, Valérie Zenatti. Permets-moi de t'imiter.

J'acquiesce et je m'endors. Dans un demi-sommeil, je sens nos têtes reposer l'une contre l'autre. Ce contact me rassure.

La voix nasillarde amplifiée par un micro nous réveille brutalement :

— Soldates ! Nous allons franchir le portail de la base d'accueil. Vous allez y passer la journée. On va vous distribuer votre matériel et vous accomplirez toutes les formalités qui feront de vous des soldates. Ensuite, vous serez envoyées dans une base d'entraînement, où vous effectuerez vos classes.

Une fille au fond du bus lève le doigt et demande d'une voix tremblante :

— C'est vrai qu'on va être vaccinées ?

Un éclat de rire parcourt les rangées. Les larmes aux yeux, la fille s'excuse, et murmure qu'elle a une peur panique des piqûres.

Le veau confirme la triste nouvelle, puis il ajoute :

— Je vous souhaite de donner le meilleur de vous-mêmes pendant deux ans.

Eynat se penche vers moi et murmure :

— Il a oublié de dire : « Adieu, et à jamais. »

Je lui souris. Je regarde par la vitre. Nous

sommes devant le barrage d'entrée de la base. Des pancartes blanches de taille moyenne sont accrochées aux barbelés qui l'entourent. « Terrain militaire fermé. Interdiction de prendre des photos. Tout contrevenant sera puni selon la loi. »

J'ai déjà vu des dizaines de plaques de ce genre : Israël est un tout petit pays et on ne peut pas faire vingt mètres sans tomber sur un terrain militaire. Mais, comme toutes les filles du bus, je n'ai jamais su ce qui se cachait derrière les barbelés. Mon cœur s'emballe un peu, d'impatience et de crainte. Cette base est l'une des plus grandes d'Israël, tout près de Tel-Aviv. Chaque soldat, chaque soldate qui a effectué son service militaire est passé par ici au moins deux jours dans sa vie. Le premier jour de son service, et celui de sa libération.

Un soldat est en poste à l'entrée. Il a l'air de s'ennuyer puissamment. Il inspecte vaguement notre bus, échange deux mots avec notre chaperon et fait un geste qui signifie qu'on peut passer. Le bus roule encore pendant plusieurs minutes puis s'arrête près d'une rangée de bâtiments en préfabriqué. Une jeune femme nous attend. Elle est officier, d'après les deux barrettes de métal qui ornent ses épaulettes. Notre accompagnateur descend du bus et lui fait un salut réglementaire. J'ai l'impression que c'est une petite comédie destinée à nous impressionner. L'officier lui rend son salut.

Nous descendons.

– Jeunes filles, bonjour ! Je suis la commandante Sarit Nigun, responsable de l'accueil et de l'encadrement. Appelez-moi « commandante », en toute simplicité. C'est certainement la dernière fois que vous êtes considérées comme des « jeunes filles » : vous allez devenir des soldates, aujourd'hui, et lorsque vous quitterez l'uniforme, dans deux ans si tout se passe normalement pour vous, vous serez des jeunes femmes.

Je glisse à l'oreille d'Eynat :

– Ce n'est pas un discours d'accueil, c'est une oraison funèbre.

– Elle n'a pas précisé si le dépucelage était compris dans le prix, me chuchote-t-elle en retour.

– Vous devez tout de suite vous habituer à certaines règles, poursuit la commandante Sarit. Règle numéro un : vous ne posez pas de questions, sauf en cas d'urgence. Tout ce qui vous est demandé ou imposé a été longuement pensé par des personnes compétentes et responsables. Tout ordre provenant d'une personne plus gradée que vous doit être exécuté, à l'exception, bien entendu, de ceux qui occasionneraient des meurtres, trahisons ou abus sexuels.

Ricanement quasi général.

— Règle numéro deux : vous ne riez pas, vous ne bavardez pas, bref, vous ne bronchez pas lorsque l'on s'adresse à vous. Nul n'est ici pour se distraire. Un règlement général plus précis vous sera remis et expliqué dans vos bases d'entraînement. Vous allez recevoir votre matricule et vos papiers militaires. Ensuite, vous serez vaccinées.

Les mâchoires de mes compagnes se crispent. Je me demande si elles ont peur de la piqûre ou si elles frémissent à l'idée de montrer leurs fesses à tout le monde. Personnellement, je n'apprécie aucune des deux idées.

— Vous déjeunerez ici, puis vos uniformes vous seront distribués. J'en profite pour énoncer la règle numéro trois : tout vol ou perte d'un vêtement, objet, arme ou autre appartenant à l'armée est sanctionné par des peines de prison allant d'une semaine à plusieurs années. Je referme la parenthèse. Après avoir revêtu vos uniformes, vous recevrez une affectation à une base d'entraînement. Vous y serez conduites en bus et vous commencerez officiellement là-bas votre service militaire. À présent, suivez-moi.

Nous nous rangeons docilement en file indienne. Aucune d'entre nous n'a dû être aussi conciliante depuis sa deuxième année de maternelle. Eynat se place juste derrière moi.

Nous pénétrons dans l'une des baraques. Des jobniks nous lancent des regards narquois. J'ai dans l'idée que nous n'avons pas fini de subir cette petite humiliation idiote. Nous sommes des « bleues » et nous allons le rester un bout de temps.

On nous prend en photo pour les papiers d'identité. Pas le temps de choisir une pose, de rectifier une mèche, d'ébaucher un sourire. Dix secondes par personne, pas une de plus.

On nous remet une médaille rectangulaire et plate, divisée en son centre par des pointillés, avec une chaîne incassable en précisant qu'elle ne doit **jamais*** nous quitter. Nos nom, prénom et matri-

---

* En gras dans la voix du sergent qui nous donne les précisions.

cule y sont inscrits deux fois. On nous explique que, en cas de mort accidentelle ou au combat, cette plaquette permet d'identifier les victimes. Si les corps ne peuvent être évacués du champ de bataille, les soldats valides doivent casser la médaille en deux (d'où les pointillés), laisser la moitié reliée à la chaînette au cou du blessé ou du cadavre, et transmettre la seconde moitié aux autorités, qui les donnent ensuite aux parents. Lorsque des soldats sont prisonniers de guerre, la plaquette permet d'informer la Croix-Rouge de leur identité.

L'évocation de notre mort possible teint les visages de gravité. Je passe la chaîne autour de mon cou et je réchauffe la plaquette entre mes mains, horrifiée par la voix mécanique qui nous a parlé de cadavres, de victimes, de champs de bataille, de morts et de familles auxquelles on apprend une nouvelle odieusement définitive.

Je me tourne vers Eynat :

— Il aurait pu employer un ton plus doux, plus triste, plus navré. Il a débité des horreurs comme s'il s'agissait d'annonces promotionnelles dans un centre commercial !

— L'armée n'appartient pas aux poètes, ma grande.

La commandante reprend :

– Apprenez votre matricule par cœur d'ici ce soir. Il est votre nouvelle i-den-ti-té. Vous devez être capable de l'énoncer rapidement, y compris si on vous réveille en pleine nuit.

Je regarde ma plaquette : 3810159. Eynat a le matricule (je devrais dire *est* le matricule) 3810168.

Notre carte de prisonnier de guerre nous est distribuée. J'ai un petit sursaut : elle est rédigée en hébreu et en français qui, je l'apprends, est la langue militaire internationale. Je suis remplie d'une immense joie qui m'étonne un peu : j'ai l'impression que la France, si lointaine, me fait un signe amical, un signe que moi seule peux comprendre, et, à la stupeur des filles qui sont près de moi, je me plonge avec intérêt dans le rappel des principaux articles de la convention de Genève, imprimés au dos de la carte.

Puis les vaccins, la douleur, parce que nous sommes toutes crispées à mort d'être à vingt dans la même salle, les fesses à l'air.

Le repas, pris dans un immense réfectoire. Nous défilons avec notre plateau devant des soldats de corvée qui se poussent du coude, se lan-

93

cent des regards entendus, se tordent de rire. Il y a quelque chose que je ne comprends pas : si nous avions rencontré ces filles ou ces garçons ailleurs, nous aurions discuté normalement, d'égal à égal. Mais dans cette base nous avons des rôles à jouer, nous représentons un groupe (les nouveaux) face à un autre groupe (les anciens), et peu importe qui nous sommes vraiment, les uns doivent globalement se foutre de la gueule des autres. Je confie ce sentiment à Eynat, en m'attendant à une remarque sarcastique. Il n'en est rien. Elle acquiesce gravement. Mais déjà nous sommes emportées vers autre chose, vers ce que nous attendons toutes impatiemment, ce qui a alimenté les conversations durant les derniers mois, avec les copines : l'uniforme.

Je crois que nous espérons toutes secrètement une métamorphose grâce à lui, un plus de séduction, d'assurance, d'identité. Les mains s'impatientent sur les paquets. À l'intérieur : un énorme sac en toile de jute, le baluchon du soldat, deux chemises à manches longues, une chemisette en coton rigide, un gros pull qui gratte, deux pantalons, une jupe coupée comme un sac à pommes de terre, une doudoune modèle «Bibendum», un

calot noir avec l'insigne de Tsahal, un sac à bandoulière, noir aussi, avec deux bandes phosphores-
centes pour être repérées dans la nuit, et des
chaussures incroyablement années 50, que l'on
appelle communément les chaussures «Golda»,
en référence à Golda Meir* qui en usa au moins
quatre-vingt-deux paires dans sa vie, et qui s'intéressait autant à la mode qu'une paysanne ukrai-
nienne du XIXe siècle.

On nous prévient qu'il ne faut surtout pas
faire de retouches aux vêtements, car nous pouvons être affectées dans la marine ou l'armée de
l'air, dont les uniformes sont gris. Quant à nos
armes, notre équipement et nos treillis, nous les
recevrons dans notre base d'entraînement.

Nous nous habillons en un temps record et
l'effervescence atteint des sommets devant l'unique
miroir de la pièce. Étonnement, frisson d'émotion,
bonheur de se déguiser, comme lorsqu'on mettait
les chaussures de maman, petites.

Le temps s'accélère.

On nous demande de nous presser, de sortir et
de se ranger par carrés de cinq sur cinq, pour

* Premier ministre de l'Etat d'Israël de 1969 à 1974.

recevoir nos papiers d'identité, et monter dans les bus, enfin. Les filles qui se connaissent se lancent des regards pleins d'espoir. Je serre très fort mes poings, en espérant bêtement que cette démonstration de force permettra l'affectation d'Eynat dans la même base que moi.

De nouveau, donc, l'appel. J'entends mon matricule, je fais un petit signe à ma nouvelle amie et je m'achemine lentement vers le bus, une boule dans la gorge. Puis je manque de mordre la poussière lorsque soixante-cinq kilos s'abattent sur mon dos. Soixante-cinq qui représentent, à vue de nez, l'addition des cinquante-cinq kilos d'Eynat et des dix kilos de son baluchon.

Nous roulons. Moi, en uniforme, près d'une fille qui m'est déjà très proche, en uniforme elle aussi. Je regarde ma montre.

Depuis ce matin, dix heures à peine sont passées.

MATRICULE 3810159,
RÉGIMENT 3, COMPAGNIE D

J'extrais de mon sac un carnet sur la couverture duquel j'ai écrit sobrement : « Soldate. 19/09/88-18/09/90 (?). » Le point d'interrogation est là pour me rassurer ou me faire peur, je ne sais pas trop. En tout cas, il doute de l'avenir.

Je voudrais noter scrupuleusement les événements de la journée, et surtout mes émotions. J'ai l'impression que, si je n'écris pas au jour le jour ce que je vis, ce sera comme s'il ne se passait rien. C'est comme ça depuis mes douze ans. La seule année où je n'ai rien écrit est celle de mon arrivée en Israël : trop de découvertes, d'émotions, de gens nouveaux, chaque minute était intense. Et cette langue, l'hébreu, qui rendait le monde extérieur incompréhensible, opaque. Je n'ai gardé de cette année aucun souvenir, c'est un gros trou dans ma mémoire. Même si je fais des efforts, rien ne vient, c'est le black-out total.

Aujourd'hui, c'est un peu pareil, quelques heures ont suffi pour me propulser dans un monde étranger. Alors j'écris, malgré ou à cause des cahots, des phrases sans sujet, sans verbe, des adjectifs isolés.

Les jobniks, navrants. La bouffe, peu appétissante. Le monde est devenu gris et kaki. Même les eucalyptus ont l'air d'avoir été plantés là pour compléter le camaïeu vert-de-gris. L'uniforme, tout à l'heure. Excitation. C'est idiot, mais je me sens autre, et je ne suis pas la seule. Nous parlons toutes différemment depuis que nous l'avons revêtu. Hâte de me voir dans une grande glace, de la tête aux pieds.

Eynat. Une amie ? Une fille bien en tout cas.

Tout va trop vite. Beaucoup trop vite.

La nuit est tombée et Eynat s'est endormie. Nous roulons en direction de Hadéra, au nord de Tel-Aviv. Un coup d'œil sur la lune, ronde et lumineuse, et je m'endors à mon tour.

Le bus tressaute, sursaute, hoquette. Nous avons quitté l'autoroute et nous nous sommes engagées sur une petite route mal entretenue. Une succession de bosses et d'ornières. Manifestement, on nous fait comprendre que nous ne sommes pas là pour nous faire chouchouter. Dans la pénombre, je distingue les barbelés qui entourent la base, le poste de contrôle gardé par deux soldats, et la silhouette gigantesque des eucalyptus, dont l'ombre est plus noire que le noir de la nuit. Un remake de ce matin, version nocturne non éclairée.

Nous sommes invitées à descendre du bus avec nos affaires, dont l'énorme baluchon qui mesure au moins un mètre vingt. La petite brune terrorisée par les vaccins ne doit pas dépasser, elle, le mètre cinquante, et disparaît presque derrière sa charge. Je souris.

— Pourquoi souris-tu au bus ? s'étonne Eynat.

Je désigne Tali (si je me souviens bien de son prénom) du menton :

— Regarde. Elle m'attendrit. On dirait un baluchon sur pieds avec quelques mèches frisot-tées au sommet. Elle me rappelle les films de Laurel et Hardy, ou de Chaplin, tu suis ?

— Pas vraiment. J'ai dû en voir quelques-uns lorsque j'étais petite, mais c'était considéré comme des trucs de vieux, d'avant guerre…

Je proteste.

— Ce n'est pas « un truc de vieux », c'est l'histoire des petits, des gros, des naïfs, des maladroits, des losers, de ceux qui disparaissent sous de gros sacs.

— Tu aimes les losers, c'est ça ?

Sa question me laisse muette. J'ai toujours été LA première en tout, du CP à la terminale, en musique, au tennis*. Je ne suis donc pas, *a priori*, un loser. Mais les perdants m'émeuvent.

Je n'ai pas le temps d'expliquer tout ça à Eynat, ni de me l'expliquer. Une fille incroyablement belle vient de surgir devant nous. Brune aux cheveux courts, le teint très mat, le visage sculpté à la perfection, elle porte un treillis qui semble avoir été coupé par Saint Laurent et une casquette à large visière vissée sur son crâne. En bandoulière, un M16 court, l'arme la plus chic de l'armée, réservée aux officiers. Les deux barrettes sur ses épaulettes indiquent qu'elle est lieutenant.

— Lieutenant Inbar Katz, se présente-t-elle. Je suis la commandante de votre régiment. Posez vos sacs contre les murs et rangez-vous par colonnes de cinq s'il vous plaît.

Elle ne hausse pas la voix, son ton n'est pas désagréable, ni même froid. Il est neutre, avec une

* Mais, pour être franche, jamais en athlétisme ni en natation.

pointe de sympathie. Elle sait, manifestement, qu'il lui suffit d'être là, d'ouvrir la bouche, pour se faire obéir par une centaine de filles. Je me sens tout à coup très très moche, et dotée d'un QI de -10. Je me penche vers Eynat :

– Tu crois que c'est un agent payé par les Syriens pour démoraliser les soldates israéliennes ?

– Peut-être… C'est incroyable, tout le monde lui obéit instantanément, elle a un charisme fou…

– … et nous on a l'air con avec nos uniformes de gala neufs et rigides, qui puent l'amidon à cinq cents mètres…

Inbar Katz se tient très droite devant nous, au milieu de quatre filles un peu plus jeunes qu'elle, c'est-à-dire à peine plus âgées que nous, qui portent elles aussi une casquette à large visière.

– Bienvenue à la base 80. Vous allez effectuer vos classes ici durant quatre semaines, dans le régiment 3. Ce régiment comporte quatre compagnies, placées sous l'autorité des caporales ici présentes. Elles vont procéder à l'appel et vous conduiront vers vos tentes.

Elle change de ton tout à coup pour appeler :

– Caporale Tamar !

La plus grande des filles fait trois pas vers

l'avant, un quart de tour, trois pas vers la gauche, un quart de tour sur elle-même, un pas vers l'avant, et porte sa main d'un geste sec vers son front. C'est le premier vrai salut militaire que je vois, et je suis impressionnée.

— Appelez les soldates de la compagnie A !

— Oui, ma commandante.

Salut militaire *bis*. La caporale se tourne vers nous et lit sa liste, dont je commence à connaître les matricules. Je sursaute lorsque j'entends celui d'Eynat, qui me fait un clin d'œil en allant chercher ses affaires. La caporale Tamar remet la liste dans sa poche, se retourne vers l'officier, refait un salut et dit :

— La compagnie compte vingt soldates, ma commandante.

— Bien, rompez.

Le groupe s'éloigne. Je suis séparée d'Eynat, mais je ne ressens pas de peine. L'excitation est trop grande. Dans quelques minutes, moi aussi, je serai intégrée à ce monde si sérieux, codifié, organisé. J'ai oublié toutes mes craintes, mon cœur s'emballe, je suis ravie, comme si on m'avait soudain annoncé que j'allais jouer le premier rôle dans une superproduction intitulée *Soldate*, ou *Un fusil à la main.* J'entends déjà la musique du générique.

Une autre caporale a entamé le même cérémonial que la précédente, mais ne prononce pas mon matricule non plus. Puis c'est au tour de la troisième, et de la quatrième enfin, la caporale Kineret, cheveux blonds bouclés et yeux bleus tranquilles. Nous ne sommes plus que vingt, mais elle lit tous les matricules, et fait son rapport comme les autres. Nous la suivons dans la nuit.

Elle nous conduit vers les tentes, en désigne deux qui nous sont attribuées et effectue elle-même la répartition.

Dans la tente, dix lits de camp, avec des matelas de deux centimètres d'épaisseur – et je suis généreuse dans mon estimation.

– Déposez vos affaires près des lits, vous avez deux minutes pour vous organiser. Rangez-vous ensuite à l'extérieur par rangées de cinq, avec les autres soldates de la compagnie.

Elle sort.

Effervescence sous la tente, un débat s'engage sur le choix des lits entre des filles qui se connaissent déjà. Je demande tranquillement :

— Quelqu'une a une montre qui indique les secondes ?

On me regarde avec une multitude de points d'interrogation dans les yeux.

— Elle a dit deux minutes. À l'armée, ça veut dire cent vingt secondes et pas une de plus, pigé ? Filez-moi une montre et décidez-vous, je prendrai le lit qui restera.

Nous sommes dehors à la cent dix-huitième seconde. La caporale a en effet un œil sur une grosse montre sportive. Elle se poste face à nous :

— Soldates ! À partir de maintenant, vous marcherez au pas dans la base chaque fois que vous serez sous mon commandement. Les marches commencent toujours par le pied gauche. Vous devez être parfaitement alignées et en cadence, suivre attentivement les injonctions « demi-tour, droite » et « demi-tour, gauche ». Lorsque vous êtes en formation carrée, comme à présent, vous devez être au garde-à-vous et attendre l'ordre « repos ». Gardez les talons joints et restez bien droites pendant tout le temps que dure le rassemblement. Chaque jour, je nommerai l'une d'entre vous chef de compagnie. Elle devra faire un rapport sur les effectifs à chaque appel, je lui transmettrai la liste de corvées de la compagnie et elle sera responsable du réveil et du respect des horaires. Ce sera elle qui subira les conséquences de vos retards. Par ailleurs, lorsque vous croiserez dans la base une personne plus gradée que vous, vous la saluerez, comme ceci – elle porte sa main droite inclinée à quarante-cinq degrés au-dessus de son arcade sourcilière droite. Nous allons chercher vos draps, vos couvertures, et vos treillis. Compagnie D, garde à vous !

Nous nous exécutons.

– Demi-tour, gauche !

Nous pivotons comme une seule femme.

– Gauche, droite, gauche, droite, gauche, droite…

La petite troupe s'ébranle. Certaines ont du mal à suivre la cadence et sautillent pour s'aligner sur les autres.

– Compagnie D, stop !

Tout le monde s'est arrêté net. Quelques filles ont même un pied en l'air. Nous sommes en train de jouer *Les Soldates au bois dormant*, les jolis écureuils en moins. Nous sommes devant une baraque en préfabriqué. Comme à la base d'accueil et comme partout à mon avis, personne ne s'est cassé la tête pour l'architecture.

— Compagnie D, entrez dans le bloc en file indienne.

Nous prenons deux couvertures de couleur indéfinissable, aussi rêches que les pulls. Puis nous énonçons notre taille et notre pointure. On nous donne deux treillis un peu fripés, un bob ridicule où est écrit « Tsahal » en lettres jaunes et une paire de bottillons à lacets, nettement plus seyants que les chaussures Golda.

— Compagnie D, garde à vous ! Gauche, droite, gauche, droite, gauche, droite…

Retour aux tentes où nous disposons de cinq minutes pour nous changer et ranger nos affaires.

De nouveau en formation carrée, devant les tentes. Garde à vous. Repos. Gauche, droite, gauche, droite, gauche, droite. Direction : le cœur de la base. Nous croisons d'autres compagnies qui marchent au pas, comme nous. On se lance des regards, on essaie de reconnaître un visage mais c'est difficile, tout le monde porte un bob.

— Compagnie D, stop !

Nous nous immobilisons devant ce qui doit être la cantine, d'après les odeurs. Cinq compagnies au moins attendent leur tour. Mes bottillons me serrent les pieds. Le bob, trop petit, me donne déjà la migraine. Et j'ai faim.

Au bout d'un quart d'heure d'immobilité, sans échanger un mot, bien sûr, la compagnie D est invitée à pénétrer dans la cantine. À partir de ce moment nous disposons de vingt minutes. C'est une directive de l'état-major, à laquelle chacun est soumis. Vingt minutes pour manger et six heures de sommeil par jour, ce sont les droits fondamentaux des soldats, et les seuls d'après moi.

Au menu : salade de tomates, corned-beef grillé, carottes bouillies. On nous sert le tout dans une seule assiette, ce qui nous arrache des exclamations de dégoût. Puis nous sommes dirigées vers une longue table en partie occupée, une soldate de corvée nous a expliqué que nous devions systématiquement remplir les places vides.

La plupart des filles touchent à peine à leur assiette et s'attaquent directement au fromage blanc posé sur la table. J'attaque la mienne avec appétit, sous leurs regards réprobateurs. Je leur demande si elles comptent tenir trois semaines en faisant la grève de la faim mais elles ne répondent pas à ma question. Elles m'observent d'un air amical.

– Au fait, tu es française ?

– Oui.

– Ouah ! Quelle chance !

– Raconte-nous Paris !

– Dis-nous quelque chose en français !

– Chante-nous « Au clér dé la loune » !

Ça y est, ça recommence. Mais elles ont l'air si heureuses que je m'exécute de bonne grâce. Et me voilà en train de dire quelque chose comme : « Nous sommes toutes de très jolies soldates et nous allons nous éclater ici. » Puis j'entame le premier couplet d'« Au clair de la lune » devant leurs mines béates. La scène est surréaliste : je suis une soldate en treillis, je vais dormir ce soir sous une tente, demain j'aurai certainement une arme, et je chante une berceuse en français !

Il faut déjà débarrasser nos plateaux, que nous déposons sur un tapis roulant.

Sans surprise : formation au carré, garde-à-vous, gauche, droite, gauche, droite, gauche, droite, demi-tour gauche, gauche, droite, gauche, droite. Compagnie D : stop.

– Vous avez une demi-heure devant vous jusqu'à l'extinction des feux. Les douches et les toilettes sont dans une baraque, à trois tentes d'ici. Exceptionnellement, vous n'effectuerez pas de tours de garde ce soir. Le réveil est prévu demain matin à quatre heures et demie. À cinq heures vos tentes devront être impeccables et vous en formation carrée. Qui est le matricule 3810254 ?

Une fille criblée de taches de rousseur lève la main.

– Bien. Tu es chef de groupe à partir de maintenant et pour les vingt-quatre heures à venir. Tu compteras tes camarades demain et tu me feras ton rapport, compris ?

Le matricule 3810254 porte la main à sa tempe.

– Oui.

– Tu dois dire : « Oui, ma commandante. »

– Oui, ma commandante.

– Bien. Avez-vous des questions d'intérêt général ?

La chef de groupe fraîchement nommée ose :

– Pouvons-nous téléphoner ?

– Vous disposez de deux cabines à jetons, près du réfectoire. Attention ! Vos conversations ne doivent pas empiéter sur vos heures de sommeil. D'autres questions ?

Notre silence lui répond.

– OK ! Compagnie D, rompez ! Bonne nuit.

Vu la courte nuit qui nous attend, je prends ça pour du cynisme.

Notre fourmilière s'agite de nouveau. Une dizaine de filles bondissent à l'intérieur des tentes et cherchent fébrilement leurs provisions de jetons téléphoniques. D'autres, plus propres ou plus indépendantes, s'acheminent déjà vers la baraque des sanitaires, brosses à dents et savons en main.

Je reste seule. Hésitante. Il y a des choix que je n'ai jamais su faire.

J'ai envie, comme les autres, de raconter ma journée. Je sais que mon coup de fil est attendu impatiemment à la maison. Mais si je me dirige vers les cabines, j'aurai une envie folle de parler à Rahel. Et dans la foulée à Yulia. Les autres filles (je ne me résigne pas encore à dire *les autres soldates*) me lyncheront avant que je compose un deuxième numéro. Deux cabines ! Et nous sommes deux cents, je crois, à être arrivées aujourd'hui ! Calcul rapide : si tout le monde appelle, cela fera environ dix secondes par personne, composition, recherche du numéro et sonnerie comprises.

Bigre.

Maman m'a répété durant de longues années qu'il fallait se brosser les dents trois minutes, énergiquement, de haut en bas. Matin, midi et soir.

C'est peut-être le jour où jamais de prouver que, même majeure et en uniforme, je n'ai rien perdu de mon éducation.

Un climat tropical règne dans la cabane des sanitaires (quel mot affreux !). Une vingtaine de filles se douchent. D'autres attendent leur tour. Il n'y a pas de rideaux. Trop chers, ou peu hygiéniques. J'imagine que c'est la raison qui a été avancée, un jour. À moins que l'on considère que la pudeur est un tic réservé à l'adolescence, et qu'elle n'a pas lieu d'être ici.

Je sors ma nouvelle brosse à dents de son étui et prends place devant l'un des quinze robinets qui surplombent un unique lavabo en métal, long et étroit. Une rigole, ou plutôt un caniveau, dans lequel s'écoule une eau blanchie par le dentifrice mêlé à la salive. Rien de cela ne semble gêner les filles. Plusieurs d'entre elles chantent des refrains appris aux Tsofim, le mouvement de jeunesse laïc et patriotique. Elles ont l'air à l'aise, dans leur élément naturel. C'est certainement pour cette raison qu'elles ont choisi les douches plutôt que le téléphone.

Je cherche Eynat et ne la vois pas. J'ignore dans quelle tente elle se trouve, et il ne me reste que vingt minutes avant l'extinction des feux. Je voudrais lire un peu, écrire encore avant de m'endormir.

Direction la tente de la compagnie D.

Trois de mes camarades de chambrée sont affalées sur leur lit. Elles grignotent des gâteaux et commentent bruyamment leur passage infructueux aux cabines téléphoniques. Elles me lancent quelques regards mais n'interrompent pas pour autant leur conversation. J'ouvre *Gros-Câlin*. Première page :

« Je vais entrer ici dans le vif du sujet, sans autre forme de procès. »

— Eh, la Française, tu lis un guide touristique sur les bases de Tsahal ?

— Tu espères boucler un doctorat de stratégie militaire en deux ans ?

— Tu as besoin du *Petit Chaperon rouge*, avant de t'endormir ?

« L'assistant, au Jardin d'Acclimatation, qui s'intéresse aux pythons, m'avait dit :

– Je vous encourage fermement à continuer, Cousin. Mettez tout cela par écrit, sans rien cacher, car rien n'est plus émouvant que l'expérience vécue et l'observation directe. Évitez surtout toute littérature, car le sujet en vaut la peine. »

Les phrases moqueuses continuent de fuser. Je ne me vexe pas. Dans ce pays, l'humour au troisième degré et la dérision sont un mode de communication que tout le monde comprend. Une langue dans la langue. Une façon d'assurer qu'on ne prend pas son interlocuteur pour un fragile (équivalent ici de dépressif), qu'on n'est pas obligé de prendre des pincettes pour s'adresser à lui. Je te vanne, donc tu es des nôtres.

C'est pour cela que je referme le livre. Et puis, le Jardin d'Acclimatation me ramène en arrière, lorsque nous allions à Paris, en vacances. J'en rêvais toute l'année, avec ma sœur. Ce n'est peut-être pas le moment de revivre les meilleurs moments de mon enfance.

Romain Gary, son Cousin et son python attendront des jours meilleurs. Comme je me sens vaguement coupable à leur égard, je me sens obligée de défendre la lecture auprès de mes camarades :

– Ce n'est pas parce que l'on porte un uniforme qu'on se doit d'être inculte. Ce n'est pas parce que l'on est française qu'on vit dans un conte de fées. J'ai besoin de lire, pour ne pas oublier que le monde existe.

J'ai conscience que ma dernière phrase est *too much*. Prétentieuse, sentencieuse (menteuse, voleuse, odieuse, vicieuse, radoteuse – j'élabore machinalement une liste dans ma tête, et m'aperçois que les suffixes sont tout sauf neutres).

Pour compenser **mon** snobisme intellectuel, j'ajoute :

– À part ça, si on planquait nos vannes sous les lits, quelque temps ? Nous sommes condamnées à passer un mois ensemble. On pourrait faire connaissance…

Ma proposition tombe à pic. Les autres filles sont revenues de la douche ou des cabines téléphoniques. Fleurant bon le savon à la vanille, ou les yeux rougis par une conversation déchirante avec leur mère, je suppose. Présentations :

– Keren, de Haïfa.

– Tamar, d'Ashkélon.

– Shlomit (appelez-moi Shula), de Petah-Tikva.

– Sivan (votre chef de compagnie, je vous le rappelle), de Jérusalem.

– Riki, de Kfar-Saba.

– Yaël, de Revivim.

– Dorit, de Tibériade.

– Galit, de Tel-Aviv.

– Vered, de Bat-Yam.

Et moi.

Un prénom bizarre. D'une ville où je ne suis pas née. Leurs prénoms ont tous une signification précise immédiate : rayon de soleil, datte, gazelle, petite vague, rose. Ou bien évoquent des personnages bibliques telles Rébecca (Rivka, diminutif : Riki) ou Shlomit. Elles sont habituées à ce qu'un nom « veuille dire quelque chose » et me demandent :

– Ça veut dire quoi, Valérie, en français ?

– Je ne sais pas, je crois que ça vient du latin. Mais si on coupe le mot en deux on peut entendre : « Va, et ris. »

Ma réponse les laisse perplexes. Dehors, quelqu'un crie :

– Extinction des feux ! Extinction des feux !

Dix mains se tendent pour éteindre la lumière. Des « bonne nuit » fusent de toutes parts.

Il n'est que 22 h 30. Ça fait au moins cinq ans que je ne me suis pas couchée aussi tôt. Je vais cogiter, me retourner dans mon lit étroit, chercher la bonne position, me repasser le film de la journée, je vais…

Rien de tout cela. Je dors déjà.

AU PAS, CAMARADE !

Il y a quelque chose d'angoissant à être réveillé en pleine nuit par quelqu'un que l'on connaît à peine (même si, d'après ce que j'ai compris, le matin à l'armée commence vers quatre heures). Hors du lit, il fait très froid. Nous sommes pourtant au mois de septembre, je n'ai jamais eu froid en cette période en Israël. J'imagine une monstrueuse soufflerie chargée de réfrigérer les bases de Tsahal, pour nous enseigner que la vie est rude.

Nettement moins volubiles que la veille, nous enfilons nos treillis. Si j'ai la même tête que mes camarades, il vaut mieux que j'évite les miroirs : visage bouffi, teint jaune, petits yeux.

Sivan, qui se sent déjà comptable et responsable de nos agissements, s'inquiète devant les filles qui enfilent leurs pulls et boutonnent leurs doudounes :

— Vous pensez qu'*on a le droit* ? murmure-t-elle.

Les frigorifiées haussent les épaules :

— On se lève à quatre heures et demie mais personne n'a précisé qu'en plus il fallait qu'on se les gèle. Si elle dit quelque chose, on se déshabillera, voilà.

Donc, pull rêche et doudoune bibendum. Même Charlotte Gainsbourg aurait l'air d'un éléphant dans cet accoutrement. Mais elle ne fait pas son service militaire, et elle ne connaîtra jamais le spleen de la soldate de deuxième classe gelée et mal fagotée.

Une cohorte kaki se presse devant les lavabos. J'aperçois une petite tête de hérisson et je pose mes mains sur ses yeux. Eynat crache son dentifrice :

— Bien dormi ? me demande-t-elle.

— On ne pose pas de questions qui fâchent en plein milieu de la nuit.

— Tu es dans quelle tente ?

— La numéro 13, et toi ?

— Numéro 27. Essaie de venir, ce soir, avant l'extinction des feux. Je file, je n'ai pas encore fait mon lit.

Moi non plus. Je retrouve les filles sous la tente, agitées par un grand débat : comment doit-on faire son lit ? Certaines affirment tenir de source sûre (leur frère, leur père, leur copain) qu'il faut plier les draps et les couvertures, d'autres suggèrent de border soigneusement le tout, une romantique propose de rabattre le drap en biais, comme dans les hôtels. Notre chef de groupe s'impatiente, il est 4 h 50 :

– De toute façon, ce ne sera pas comme il faut, Kineret ne nous a rien précisé. Faisons en sorte que ce soit rangé. Vite.

À 4 h 58, nous sommes en formation carrée. Sivan est au premier rang, nerveuse. La caporale Kineret arrive nonchalamment à 5 heures pile et ordonne :

– Compagnie D, garde à vous !

Nous portons vivement la main droite au front. La fille qui se trouve à ma gauche pousse un petit cri en se frottant l'œil : manifestement, elle a raté sa cible. Je me mords les lèvres pour ne pas éclater de rire.

– Deuxième classe Sivan, votre rapport.

Sivan fait trois pas en avant, resalue, et dit d'une voix qui se veut ferme :

– La compagnie compte vingt soldates, ma commandante !

– Quelle compagnie ?

– La compagnie D, ma commandante !

– Merci de préciser. Restez au garde-à-vous, je vais inspecter vos tentes.

Deux minutes passent. Elle revient sans un commentaire.

– Compagnie D, demi-tour, gauche ! Gauche, droite, gauche, droite, gauche, droite.

Nous arrivons sur la place où nous étions toutes rassemblées hier soir. Le régiment est au complet, mais le lieutenant Inbar Katz n'est pas là.

L'une des caporales prend la parole :

– Nous commençons notre journée par une séance d'échauffement. Le petit-déjeuner est servi à six heures. Enlevez vos doudounes s'il vous plaît et rangez-vous en file indienne.

Nous grimaçons. Nous frissonnons.

Et, sous l'ordre de la caporale, nous nous mettons à courir.

20/09/88. 21 h 30.

Plus le temps de penser. Tout est minuté, nous agissons en permanence sous les ordres, sans aucun temps de repos depuis ce matin. Aucune initiative n'est concevable. Nous avons appris à plier les draps et les couvertures correctement (60 cm sur 40). Au préalable, il faut secouer vivement les couvertures. Le nuage qui s'élève alors est gigantesque. Je pense qu'ils les plongent dans un bain de poussière avant chaque session. Les asthmatiques ont de la chance : elles ont été exemptées. À partir de demain, nous aurons au moins une inspection par jour. Les listes de corvées ont été distribuées : cuisine, sanitaires, tours de garde la nuit. Comme nous ne possédons pas encore nos armes, et que nous n'avons pas appris à tirer, nous montons la garde autour de nos tentes… Pas vraiment utile, puisque d'autres que nous assurent la sécurité de la base. Mais il me semble que les mots « utile » et « logique » n'aient pas de réalité tangible. Nous faisons nos classes et on nous mène la vie dure. Point.

Pourtant, je me sens bien. Les filles sont très gaies, nous rions dès que nous sommes seules (très rarement). Personne ne se connaissait, avant. Le terrain est vierge. Nous vivons notre première expérience d'adulte (paraît-il) ensemble. Ça crée rapidement des liens.

21/09/88. Minuit.
A priori, je devrais dormir. Mais je viens d'achever

121

mon tour de garde. *C'est très amusant. Nous devons demander le mot de passe, aujourd'hui « café sans sucre », à toutes les personnes qui entrent dans le périmètre des tentes. Je suis Valérix légionnaire. Si j'avais la potion magique, j'irais faire un tour dans les cuisines pour donner quelques idées au cuisinier. Les repas sont franchement dégueulasses. J'ai rejoint le club des mangeuses de fromage blanc. C'est bon pour la ligne, mais les exercices et le manque de sommeil, ça creuse. Heureusement, on a nos provisions de biscuits, qu'on a mises en commun.*

22/09/88. 23 h 15.

J'écris à la lumière de ma montre. Certaines filles gémissent en dormant. Keren suce son pouce.

Aujourd'hui, nous avons reçu nos armes. Des pistolets-mitrailleurs Uzi. C'est terrifiant : nous encourons sept ans de prison en cas de perte ou de vol. Nous devons les porter constamment sur nous, ou les laisser attachés par un cadenas à notre lit (et si quelqu'un vole le lit ?). Pour l'heure, nous avons appris les sommations d'usage. Si quelqu'un s'approche de nous lors d'une garde, il faut lui demander le mot de passe. S'il ne répond pas, lui dire d'une voix suffisamment forte : « Stop ! » Puis : « Stop ou je tire ! » « Stop ou je tire ! » (Une deuxième fois.) Si l'individu continue de s'appro-

cher : tirer dans les jambes. S'il avance toujours : tirer
dans l'intention de tuer.

Tirer dans l'intention de tuer. *Ce sont des mots.*
Mis bout à bout, ils claquent comme une détonation,
c'est inévitable.

Voilà. Je n'arrive pas à dormir.

23/09/88. 9 h.
NOUS SORTONS ! *« Habaïta ! Habaïta ! » Un seul*
mot qui veut dire : « À la maison ! » Nous attendons un
bus qui doit nous conduire à la station centrale, à
Hadéra. De là, nous serons libres de rentrer chez nous.
Et libres tout court, jusqu'à dimanche, midi.

Nous avons attendu le bus deux heures. On
nous a donné les consignes de sortie. (J'attends avec
impatience les consignes de téléphone, de flirt, de
pleurs, d'amitié, de coiffure, de lecture, d'écriture, de
maquillage, de mariage, que sais-je encore !)

Il est interdit de faire du stop. Étonnement
général. Les routes du pays sont couvertes de soldats et de soldates, bras tendus, pouces tournés
vers la droite. Que font-ils ? Une gymnastique
zen, en respirant les pots d'échappement ?

– C'est ainsi, l'auto-stop est interdit.

Nous devons par ailleurs taire le nom de notre base, de nos officiers et sous-officiers, de nos camarades, les effectifs, les matricules… Quelqu'un a osé :

– Mais tout le pays la connaît, cette base, la moitié des israéliennes sont passées par là !

– Vous devez tout de même vous taire. À l'armée, tout est classé confidentiel. Et ce qui n'est pas confidentiel est secret.

– Et ce qui n'est pas secret ?

– Top secret.

Les caporales ont toujours réponse à tout. Elles maîtrisent les règles d'un jeu que nous mettrons un temps fou à découvrir.

Deux ans ?

– Retour pour toutes à la base dimanche. Un bus vous attendra à onze heures à la station centrale de Hadéra pour vous ramener ici. Soyez à midi devant vos tentes. Bon week-end.

Quelques filles de ma compagnie font une partie du voyage avec moi, jusqu'à Tel-Aviv. Nous exhibons fièrement nos papiers d'identité tout neufs. (Les soldats bénéficient de la gratuité des transports.) Nous nous attendons à quelque chose de la part du chauffeur, un sourire, un compliment. Mais il a un air bougon et reste profondément indifférent à notre petit groupe kaki. En revanche, les regards attendris des passagers sont là. Posés sur nous. Le peuple nous sacre soldates.

Dans le bus qui traverse le désert du Néguev, vers Beer-Sheva.

Baladeur sur les oreilles. Seule et libre. Dans une heure je retrouverai les miens. Pour l'heure j'ai la sensation d'une absolue liberté. Peut-être grâce à la musique, au paysage qui défile, au bus qui roule. Je découvre, je crois, que la liberté est un mouvement. Et je respire à pleins poumons.

Il est près de seize heures lorsque j'arrive enfin dans ma ville déjà calme. « Shabbat va entrer », comme on dit ici. Ce qui signifie que nous sommes vendredi soir et que le jour du repos va commencer. Je suis un peu gênée d'apparaître en uniforme dans le quartier. J'ai soudain l'impression d'être déguisée. Tous vont me regarder et sourire, ou rire. Ils connaissent Valérie, pas la soldate de deuxième classe, matricule 3810159.

Mais je ne croise personne. Des cris de joie

font écho aux coups que je frappe à la porte. Je n'ai pas eu le temps de prévenir mes parents. Maman me serre déjà contre elle, papa lutte pour essayer d'avoir sa part :

— J'étais sûre que tu sortirais ce week-end, je l'ai dit à ton père ! J'ai préparé tout ce que tu aimes.

— Fais voir comme tu es belle ! L'uniforme te va à ravir !

— Mets ton calot ! C'est incroyable, tu es vraiment une soldate !

Je mets mon calot. Je fais même un salut. Ils ont raison : je suis soldate et « c'est incroyable ». Je ne comprends plus très bien ce que cela signifie ici, chez moi, avec mes parents. Rien n'a changé, je suis dans un décor familier, ça ne fait que quatre jours que je suis partie. Je ressens un tout petit malaise, que je dissimule sans parvenir à me l'expliquer.

Pour l'heure, je suis la voyageuse qui revient d'un pays inexploré. Les questions fusent :

— Vous dormez où ? interroge maman, inquiète.

— Sous des tentes.

— Mon Dieu ! Es-tu suffisamment couverte ?

– Mais oui, de toute façon, quand on a sommeil, on ne sent pas le froid, tu sais.

– Et les repas ? demande papa.

– Dégueulasses.

Il est navré. Par mon manque de nuance ou par la situation. Je profite de cette pause pour demander où est ma sœur. Ils sont désolés. Elle n'a pas eu de permission cette semaine. Elle sortira sûrement le week-end prochain. Je me dis qu'à ce rythme je risque de ne pas la voir pendant un an. J'essaie de tout leur raconter, dans les détails, mais j'en oublie, je reviens en arrière, au premier jour. À l'instant où je les ai quittés.

Ce n'est pas simple. Je leur parle d'un monde étranger. Papa tente quelques parallèles avec son service militaire, pendant la guerre d'Algérie. Maman le rembarre :

– Tu nous as déjà tout raconté cent fois, c'est du réchauffé. Et puis, elle, c'est pas pareil : c'est *une soldate*.

Je sens toute sa fierté dans le féminin de soldat. Ça me réconforte.

Après un temps de présence que je juge décent, je m'éclipse en jurant que je serai de retour pour le dîner. Direction : Rahel et Yulia.

Bien entendu, je n'ai pas ôté mon uniforme.

Elles m'accueillent avec des exclamations qui me font chaud au cœur :

— Oh, la jolie soldate !

— L'uniforme te va très très bien, dit Yulia. J'ai toujours dit que le kaki allait bien aux brunes.

— Mais il va très bien aux châtains aussi, je réponds, dans l'esprit égalitaire et conciliant qui est le mien, je crois.

— Mets ton calot. Il faut prendre une photo !

Rahel va chercher son appareil. Clic. Puis Yulia essaie le calot et se compose une mine incroyablement langoureuse, comme si elle était une descendante directe de Marilyn Monroe. Je n'ai jamais compris comment elle parvenait à composer cette expression. La seule fois où je m'y suis essayée, devant la glace, j'ai eu l'air d'un doberman complètement shooté qui n'avait pas dormi depuis dix jours.

Pressée par leurs questions, je commence mon récit. Je décris la première journée en détail. Je parle d'Eynat, qui n'a pas l'air de les intéresser beaucoup, de la lieutenante Inbar Katz, si jolie que nous avons toutes envie de lui obéir aveuglément. (« C'est idiot, marmonne Yulia, vous lui obéissez parce qu'elle est votre lieutenante, c'est tout. ») Je raconte les tentes, les couvertures plongées dans la poussière, l'atmosphère de colonie de vacances lorsque nous avons quelques minutes de liberté, les horaires, le reste du temps. Marcher au pas, courir, faire son lit, apprendre les premiers principes, qui seront suivis d'autres…

Je sens que l'attention baisse. Alors je leur demande :

– Et vous, vous avez fait quoi pendant ces quatre jours ?

Elles ont vu *Le Nom de la rose*. J'ai lu le livre d'Umberto Eco, et j'avais très envie de voir le film. Elles disent que c'est sublime. Elles sont allées à la mer aussi, une journée, et elles ont fait quelques achats à Tel-Aviv. Ils sont tous sortis un soir dans un nouveau pub, au centre-ville, qui s'appelle Orgasma. (Depuis quelque temps, la compétition est ouverte entre les patrons de pub pour trouver le nom le plus hard. On a eu droit à Apocalypse now, Purple Rain, Ivre mort, Les damnés de la nuit, Dracula…)

Et puis elles n'ont rien fait de spécial. Elles ont glandé. Ensemble.

On se quitte en convenant de sortir ce soir, comme tous les vendredis soir.

Je suis rentrée assez vite à la maison. Maman a eu l'air étonnée de me voir réapparaître si tôt mais elle n'a rien dit. En attendant le dîner, j'ai écrit un peu dans mon carnet, sans parvenir à déterminer s'il y avait un «camp» coupable. Yulia ? Rahel ? Moi ? Qui ne comprenait plus l'autre ? Qui n'avait pas envie d'écouter les petites histoires qui ne la concernaient plus directement ? Que s'était-il passé, en quatre jours, pour que notre bonheur d'être ensemble disparaisse un peu au milieu de nos retrouvailles ?

Je n'ai pas réussi à m'expliquer ce malaise. J'étais triste. Sans avoir envie d'en pleurer. Sans avoir envie d'en parler.

Le journal du week-end, avec ses multiples suppléments, traînait sur la table. J'ai lu la chronique de Yonatan Geffen, que je ne raterais pour rien au monde. Il est inlassablement de gauche, inlassablement corrosif. Il critique le gouvernement, l'occupation des territoires palestiniens, la capacité légendaire des Israéliens à argumenter sans jamais écouter l'autre. En ce moment, il est à

Londres, et il nous raconte Israël vu de là-bas. Un minuscule Etat dont on ne cesse de parler. Sa chronique m'a aidée à respirer un peu mieux. J'ai tourné les pages du journal, à la recherche d'autre chose. Mais rien de ce qui s'était passé dans le monde ne m'intéressait.

J'ai allumé la télé. Les informations venaient juste de commencer. Des émeutes dans les territoires, à Jénine. Violence des pneus en feu, violence des frondes et des pierres, violence de nos soldats, en face, qui tirent des balles en caoutchouc. Quinze blessés côté palestinien. Trois blessés côté israélien. Pas de morts, aujourd'hui, pour alourdir l'un des deux bilans, pour renforcer la haine ou les arguments des uns et des autres.

Le bus que j'ai pris de Hadéra pour me rendre à Tel-Aviv est passé à quelques kilomètres de Jénine. Je chantais sûrement, à ce moment-là, avec Tamar, Shlomit et Galit. Peut-être même était-ce la chanson de Shlomo Artzi, «Une nouvelle terre».

Je regarde au travers de la vitre.
Nous avons une terre, pourquoi avons-nous besoin
[d'une autre ?

Dehors, un coucher de soleil, lundi,
et les Arabes prient, c'est fête.
Un compagnon de voyage hivernal me regarde,
il a les jambes courtes, mais la tête bien remplie.
Nous sommes à l'essai, tout bouge ici, me dit-il,
toi aussi papa, tu es un être humain.
Il regarde au travers de la vitre,
il a des yeux sensibles, oui, oui,
c'est étrange comme l'ennemi étranger
lui semble humain et apeuré.

J'ai une femme, c'est ta mère,
roulons, roulons, peut-être arriverons-nous d'ici demain
si nous ne ralentissons pas,
si nous n'observons pas,
si nous ne prenons garde aux détails,
nous n'atteindrons pas une nouvelle terre,
non, nous n'atteindrons pas une nouvelle terre.

Nous sommes allés dans un pub, le soir, et j'étais heureuse de retrouver les garçons. Freddy surtout. Il m'a parlé de la base comme s'il y était, ça m'a réconciliée avec l'amitié. Au milieu de la petite bande réunie, habillée en « civil », j'ai eu l'impression que rien n'avait changé, que c'était un vendredi soir comme un autre, et pas une permission de quarante-huit heures accordée à une soldate du régiment 3, compagnie D.

J'étais fatiguée, et j'avais un peu bu aussi, mais je me suis retournée longtemps dans mon lit. Alors je me suis relevée pour faire une razzia dans le réfrigérateur : du poulet, des boulettes de viande durcies par le froid, des cornichons, du gâteau de semoule au miel que maman réussit comme personne.

C'était la première fois que je me gavais comme ça, devant le frigo ouvert, lumière éteinte, comme une voleuse.

La journée du samedi s'est étirée entre une partie de tennis avec maman, des discussions un peu creuses avec Rahel et Yulia et un très beau téléfilm français sur le Front populaire, *À nous les beaux dimanches !*

Je me répétais qu'il fallait que je profite plus de cette perm, que j'ignorais quand je pourrais revenir à la maison. Mais je ne savais que faire. Que faire de plus que ce qui est possible un samedi, jour chômé, à Beer-Sheva, ville (trop) tranquille plantée au milieu du désert.

Jean-David m'a soudain manqué autant qu'au premier jour de notre séparation. J'ai composé son numéro à Jérusalem. Au bout de six sonneries, il a décroché en murmurant « Allô », d'une voix très ensommeillée.

J'ai raccroché.

Alors, j'ai eu hâte de retourner à la base, de retrouver mes camarades vanneuses et rigolotes qui ignorent tout de mes angoisses, de plonger tête la première dans l'entraînement intensif qu'on nous avait promis.

Connaître la suite, puisque c'était désormais ma vie. Beer-Sheva, la maison, les amies, mon chagrin d'amour que je traînais comme un vieux doudou ne seraient plus désormais que de petites parenthèses.

INTERDIT AUX MOINS DE DIX-HUIT ANS

25/09/88. 21 h 30.

Arrivée en retard à la base. J'ai expliqué que je venais du sud, deux cents kilomètres en changeant plusieurs fois de bus. J'ai découvert que, le dimanche, le pays ressemble à un immense camp militaire, avec des soldats qui courent dans tous les sens et prennent les bus d'assaut. La lieutenante Inbar Katz m'a écoutée et m'a répondu :

— Bien, nous verrons s'il y a lieu d'appliquer une sanction.

Les filles m'ont lancé des regards apitoyés. Je flippe un peu.

J'ai retrouvé Eynat avec plaisir. Elle m'a raconté son week-end ici. Elle a sympathisé avec la moitié de la base mais dit que je suis la mieux. C'est vraiment une chouette fille. J'ai retrouvé aussi — avec beaucoup moins d'enthousiasme — le corned-beef grillé, accompagné ce

soir de pâtes agglomérées. Il fait froid. On nous a donné
des sacs de couchage. Lever demain à 3 h 45.

Je suis heureuse d'être là.

(Masochiste ?)

28/09/88. 21 h 15.

Nous vivons au moins deux cent trente-six évé-
nements par jour, soigneusement chronométrés, sans
une seconde pour respirer. Impossible de ne pas se sen-
tir autre chose que soldate. Une nouvelle Valérie, qui
pense très peu dans la journée, qui a définitivement
laissé tomber l'idée de lire Gros–Câlin *dans les*
semaines qui viennent. J'ai l'impression de renouer
le contact avec l'autre Valérie le soir, lorsque je pose
le casque de mon baladeur sur mes oreilles, avant de
m'endormir.

Il n'y a pas eu de sanction pour mon retard et je ne
crois pas qu'il y en aura.

J'ai été de corvée de cuisine. Une lilliputienne au
milieu des géants. Des marmites de un mètre de dia-
mètre, des casseroles immenses. On prépare une omelette
avec une centaine d'œufs. Un instant, j'ai pensé que
j'étais dans la cuisine d'un ogre et qu'il fallait lui pré-

parer consciencieusement à manger, avec crainte et dévotion, pour ne pas risquer d'être dévorée toute crue.

J'ai dû laver deux cents assiettes. Maman n'en a pas cru ses oreilles. (J'ai fait comme tout le monde. Je me suis réveillée à deux heures du matin pour appeler. Il n'y avait « que » cinq filles qui faisaient la queue. Maman m'a dit que justement elle venait de se réveiller parce qu'elle avait soif ; j'ai apprécié son mensonge.)

Aujourd'hui, un officier chargé des affectations nous a remis un papier avec les différents rôles qui nous sont proposés. Je peux choisir entre :

— les services de renseignements ;

— formatrice de soldats combattants ;

— officier (dans quelle unité ? pour faire quoi ? mystère…) ;

— technicienne tankiste ;

— responsable des ressources humaines.

La deuxième option a ma préférence, la quatrième aussi. Ce sont des rôles qui me semblent concrets. Et puis, j'adorerais commander des soldats, évidemment. Mais les dés sont pipés. J'ai passé des tonnes d'examens pour les services de renseignements, avant de m'engager. On me donne l'illusion que je peux choisir. Je peux toujours me donner l'illusion d'y croire, quelques jours encore.

Nous avons eu notre premier cours d'armement. Nous avons appris à démonter et monter la mitraillette en moins de trois minutes. Pourquoi faut-il savoir démonter son arme ? Pour la nettoyer, pardi ! Avec une huile noire, épaisse, qui sent le caoutchouc, et un tissu joliment appelé «flanélite». Nous avions fière allure, accroupies au soleil en train de démonter nos fusils.

Nous avons également eu un cours d'histoire militaire, avec la projection d'un film très émouvant sur la guerre d'indépendance*. Un capitaine de vingt-trois ans menait une belle bataille dans les montagnes de Jérusalem. (Je ne sais pas pourquoi j'ai écrit «belle bataille», c'est le capitaine qui était beau.) À la fin du documentaire, on nous a expliqué le sens stratégique de ce que nous venions de voir, et on nous a dit que le capitaine était mort en dehors du champ de la caméra. Nous avons été très tristes.

On nous a demandé de faire don de notre sang pour les soldats blessés. Ce n'était pas obligatoire mais j'y suis allée. À cause du film, sûrement.

Ils n'ont pas voulu de mon sang : tension trop basse.

Demain, nous commençons à courir avec notre équipement.

---

* La guerre de 1948.

Épuisée. Mais je découvre chez moi une capacité de résistance physique que je ne soupçonnais pas. C'est comme si quelqu'un me poussait en permanence, m'ordonnait de me relever dès que je menace de tomber. Ce matin : sport matutinal, comme d'habitude, puis GRAND rangement pour GRANDE inspection. C'est-à-dire une inspection effectuée par la lieutenante Inbar Katz et non par notre caporale, Kineret. En quel honneur ? On ne le sait pas. Pour blinder notre emploi du temps, probablement.

Ç'a été très éprouvant. On a dû tout recommencer quatre fois. La première fois, une couverture n'était pas suffisamment dépoussiérée. Il a fallu les secouer toutes de nouveau. La deuxième fois, une fille d'une autre tente a éclaté de rire alors qu'elle était au garde-à-vous. La troisième fois, Vered, de notre tente, avait laissé sa brosse sur son lit. SA BROSSE SUR SON LIT ! Une telle négligence nous a stupéfiées. On a menacé de lui raser la tête en cas de récidive. Elle s'est mise à chialer. La quatrième fois, la tente n'était pas bien balayée, on voyait encore des traces de pas.

Ensuite, notre première grande course. Le grand jeu : gilet pare-balles, casque, pistolet-mitrailleur Uzi, deux chargeurs, gourde remplie. Plus des bidons d'eau de trois litres (et inévitablement de trois kilos) que nous avons portés en nous relayant. Nous avons couru dans un champ de maïs, tout près de la base. Les premières minutes on se sentait très « Rambo girls », intéressantes en diable. Et puis le groupe s'est transformé en colonne mitée : les sportives en tête, gracieuses et légères malgré l'équipement, et les mollassonnes, faibles, flemmardes en queue. J'étais plus ou moins entre les deux. Ni légère, ni gracieuse. Suante, suffocante, le visage déformé par l'effort, je suppose, et par la volonté farouche de ne surtout pas être parmi les dernières.

Le plus dur a été de ne pas se doucher, au retour. On se lave le soir. Et tant pis pour les odorats trop subtils.

Cours de tir en position couchée cet après-midi. Chaque fois que je manipule mon arme, j'ai l'impression que je me dédouble, c'est très troublant. Lorsque je remplis mon chargeur, je réchauffe les balles entre mes mains. Celles de l'Uzi sont d'un calibre de 9 mm. Leur bout est arrondi, elles sont assez grassouillettes comparées aux balles 7,75 mm des M16, longues, pointues, effrayantes. J'ignorais que les balles pouvaient avoir un tempérament.

Pour finir en beauté, apprentissage des marches militaires de gala.

Et au bout du compte, le sentiment de ne plus avoir grand-chose dans la cervelle, d'être incapable de réfléchir. Je commence à être en manque de solitude.

Vendredi 30/09/88. 16 h 20.
Nous restons à la base ce week-end. J'ai téléphoné à la maison et maman m'a annoncé que j'avais eu mon bac avec mention bien ! J'ai raté de peu la mention très bien, à cause des maths (ou plutôt de Jean-David). Mais tout cela me semble si loin… Que signifie le bac, ici ?

La journée est plus courte, et demain nous ne ferons pas grand-chose, à part les corvées de cuisine et de garde. À l'armée aussi, on respecte le jour du repos. Et je vais m'empresser de le respecter tout de suite, d'ailleurs.

Dodo.

Samedi 1/10/88. 14 h 30.
C'est une journée étrange. Cette sensation inconnue d'être des soldates désœuvrées. Simplement soldates, simplement dans une base, sans l'excitation, la fatigue, le découragement parfois, des jours précédents. Nous avons eu droit à un repas de fête : poulet élas-

tique, pommes de terre bien grasses (mais plutôt bonnes, il faut le dire), vin épais et sucré. Nous profitons de ce temps libre pour faire du tourisme dans la base.

J'ai emprunté un petit chemin qui part de nos tentes et l'ai suivi. Il menait à une miniforêt d'eucalyptus. « L'eucalyptus est un arbre à part », ai-je pensé. Il est immense mais pas du tout angoissant, peut-être parce qu'il est clair. Et il porte un nom savant, on ne lui a pas donné un surnom populaire, comme à la plupart des arbres et des plantes. L'odeur m'a rappelé mes rhumes d'enfance ; maman mettait toujours quelques gouttes d'essence d'eucalyptus sur mon oreiller, pour m'aider à respirer. Je sais aussi qu'ici, en Israël, ce sont les pionniers qui ont planté ces arbres, pour assécher les terrains marécageux et endiguer les épidémies de malaria, au début du siècle. Est-ce qu'on a planté des eucalyptus dans les bases de Tsahal pour leurs vertus thérapeutiques ? Je pense plutôt que le très haut rideau de feuilles cache aux yeux des curieux les secrets militaires. En l'occurrence nous.

Derrière les eucalyptus, il y a les barbelés. Je sursaute. Je ne m'attendais pas à eux, pas là, au milieu de mes souvenirs et de mes divagations botaniques. Je trouve que ce mot, barbelés, écorche la peau. Je *m'approche prudemment. Un champ fraîchement laboré est là, à quelques dizaines de centimètres. Un peu plus loin, une route que je distingue mal, le sol est inégal. Des voitures se croisent. Les gens vont à la mer, ou pique-niquer, il fait beau aujourd'hui. Je les imagine, je les reconstitue, comme une mémoire encombrée tente de se souvenir de quelque chose qui a été, mais qui n'existe plus.*

Lorsque je suis retournée à la tente, les filles m'ont dit que j'avais une tête bizarre. Je n'ai pas eu envie de m'expliquer. Heureusement, elles ont pour la plupart une vitalité à toute épreuve. On a chanté. Puis on s'est amusées à inventer des slogans. Il faut dire que la base est parsemée de grands panneaux sur lesquels on peut lire :

Soldat/soldate, conduis prudemment ! Il vaut mieux perdre un instant dans la vie que la vie en un instant !

Soldat/soldate, que ta tenue sois toujours irréprochable ! Un soldat correctement vêtu est un soldat efficace au combat !

Soldat/soldate, salue les militaires plus gradés que toi. Le respect des supérieurs ouvre la voie de l'ordre.

Je les fais rire en remarquant que ça ressemble à de la philosophie chinoise. Galit se met à tempêter :

— Soldat, soldat, soldat ! Mais ils sont où, les sol-
dats, hein ? J'étais venue pour ça, moi !

Alors nous avons inventé :

Soldate ! Cherche le soldat de tes rêves ! L'amour
t'apportera une trêve !

Nous avons fait les idiotes, en somme, et c'était très
reposant.

Kineret est venue passer quelques instants avec
nous. Dès qu'on l'a aperçue, on s'est mises en formation carrée et au garde-à-vous. Elle a souri et
nous a dit :

— Mais non, les filles, c'est repos aujourd'hui.
Je suis juste passée voir comment ça allait.

Elle s'est assise avec nous. Galit, Riki et Sivan,
les plus bavardes (ou les plus assurées) d'entre
nous, ont commencé à lui poser des questions :

— Tu viens d'où ?

— D'un kibboutz, en Galilée.

— Lequel ?

— Kfar Blum.

— Quelle chance ! Tu faisais du kayak tous les
jours ?

— Pas tous les jours, mais souvent.

— Ça fait longtemps que tu es là ?

— Tu as quel âge ?

J'avais l'impression d'être de retour au lycée, lorsque nous voulions tout savoir sur nos profs. (Célibataire ? Marié ? Des enfants ? Une villa ou un appartement ? Un chien ? Un piano ?)

Kineret ne s'est pas laissé déborder. Elle a secoué ses cheveux et nous a dit :

— Moi aussi, j'ai envie de vous connaître. Peut-on retourner les questions ?

Ça nous intéressait moins de parler de nous, alors on a essayé de tirer la conversation vers l'armée. Vers ce qui nous attendait, ici, dans les prochaines semaines :

— Quand va-t-on tirer pour de bon ?

— Combien de kilomètres va-t-on courir, au maximum ?

— Il y a des garçons dans cette base ou pas du tout, à part le gros cuisinier ?

— Quand saurons-nous dans quelle unité nous sommes affectées ?

Kineret a répondu à certaines questions, pas à toutes. On avait beau bavarder comme des copines parties en vacances ensemble, elle a beau avoir dix-neuf ans maximum (on est nommé caporal au quatrième mois de son service militaire, on le reste un

145

an et demi puis on passe sergent, le calcul est simple), elle est notre instructrice et elle a dû recevoir – elle aussi – des directives explicites sur le degré d'intimité auquel nous pouvons parvenir.

Elle s'est levée et nous a lancé :

– Profitez de vos heures de liberté : demain, on reprend notre rythme.

2/10/88. 21 h 15.

Une course de cinq kilomètres ce matin. Il paraît que notre dernière course fera quinze kilomètres ! Je serai morte avant, probablement, ou transformée en appareil d'air conditionné qui souffle, qui souffle...

Cours de tir, aussi. En position couchée, on pose la joue contre la crosse dans un mouvement qui me semble tendre. Puis position de tir en automatique, debout, l'arme serrée contre la hanche.

Pourquoi le cacher ? Mon pistolet-mitrailleur me fascine. C'est un instrument de mort que nous manipulons avec de plus en plus d'aisance. Sans imaginer une seconde que nous pourrions nous en servir pour de bon un jour. Mais c'est aussi le signe suprême qui fait de nous des soldates, un équivalent absolu des garçons. Et j'en suis fière lorsque j'y pense.

Nous avons passé un test sur notre capacité à commander. Une sorte de jeu de rôle dans lequel il fallait expliquer à la compagnie l'utilité du service militaire, puis faire face à des soldates récalcitrantes à la logique militaire. Je crois que je ne m'en suis pas trop mal tirée.

Pour finir : cours de secourisme, avec un film hyperréaliste illustrant les blessures par balles conventionnelles, balles à fragmentation, mortiers, brûlures diverses, armes chimiques et biologiques. Ont suivi des explications sur les garrots, piqûres d'antidote, pansements et paroles de réconfort à prodiguer. On nous a répété que les soldats israéliens n'abandonnent jamais un blessé ou un mort en terrain ennemi. Fût-ce au péril d'autres vies humaines.

Demain, je suis chef de compagnie.

4/10/88. 21 h.

Nous avons eu hier soir, après dîner, une conversation très émouvante avec Kineret. Sujet : quel est le lien qui nous attache à Israël, ce pays qui n'a que quarante ans et où vivent des Juifs venus du monde entier ? Certaines ont dit que c'était la terre de nos ancêtres : Abraham, Isaac, Jacob, David. D'autres ont répondu que l'extermination des Juifs d'Europe durant la Seconde

Guerre mondiale avait prouvé qu'il fallait un Etat pour les Juifs, dans lequel ils pourraient se réfugier s'ils étaient menacés. Quelques filles au raisonnement assez sain, au fond, ont dit qu'elles étaient nées ici, et qu'en général l'homme est attaché à sa patrie. Puis Kineret nous a lu deux textes, que je recopie ici :

Une souris néo-zélandaise/Adi Lewinson

Parfois, je me demande ce que l'on ressent lorsque l'on vit en Nouvelle-Zélande. Arpenter les îles de l'océan Pacifique, vivre dans un pays difficile à trouver sur les cartes, grandir dans une ville aux toits rouges et se promener dans un champ vert, habiter une maison bâtie par un ancêtre, être le petit-fils d'un grand-père mort de vieillesse, étudier une histoire de deux cents ans dans un livre gris et fin, tirer du vin au tonneau de la cave. Une cave qui n'est pas un abri.

Être néo-zélandais et faire des projets sur cinq ans, suivre avec émotion les exploits de l'équipe de foot locale, éventuellement s'engager dans l'armée de métier, puisqu'il n'y a pas de service militaire obligatoire. Être libéré de l'armée, avec l'espoir de vivre «une vie mouvementée», lire un journal néo-zélandais et ne pas comprendre ce qui se passe en Terre sainte, pourquoi les gens se font tuer pour chaque lambeau de terre, alors que le monde est grand, et la vie précieuse. Croire que tous les hommes sont égaux.

Être néo-zélandais et savoir qu'un canon ne tire que pour l'anniversaire de la reine Élisabeth, qu'une grenade est un fruit qui tache les vêtements, qu'un sac de couchage est destiné au camping, et qu'une veuve est, en général, une vieille femme. Et lorsque le voisin raconte que son fils est tombé, lui demander s'il ne s'est pas fait mal.

Dieu, qui nous a choisis entre les nations, je ne viens pas vers toi avec des reproches. J'accepte la sentence avec amour et fierté. Je n'échangerais pas Jérusalem contre Wellington, et ma vie ici contre une vie plus facile, n'importe où ailleurs. C'est ma terre !

Mais est-il juste qu'en Nouvelle-Zélande on meure d'ennui ?

Elle est née en Suède

Elle est née en Suède,

Des cheveux dorés et des enfants qui ne jouent
[pas à la guerre,
Des innocents, qui ne demandent pas si Dieu
[existe
parce qu'ils n'ont pas besoin de lui.
Et moi ici,
un morceau de terre petit et tranquille,
que l'histoire a transformé en une boule de
[tension
avec des complications infinies.
Des jeunes gens dans leurs belles années,
héros ici, chaque jour à nouveau.
Et ils ne demandent pas si Dieu existe
car ils ont peur de la réponse.
Elle est venue nous rendre visite,
un lieu, dont on lui avait dit qu'il était une
[patrie.
Nous nous sommes rencontrés durant les
[grandes vacances,
nous avons rêvé que tout était possible.
Après deux mois, après avoir tout vu,
après m'avoir aimé,
après s'être rassasiée de ma patrie, elle est
[retournée là-bas,
vers sa merveilleuse tranquillité.

Dans ses lettres parfois elle écrit combien elle
[m'aime,
et demande que je vienne chez elle, avec elle
[pour toujours.
Elle a une maison au bord de la mer.
Là-bas, en Suède, comme dans les contes.
Personnellement je pense qu'elle a raison.
Mais une nuit pluvieuse je suis resté éveillé
[très tard,
et lui ai écrit que je l'aimais.
Je ne pouvais lui expliquer, et m'expliquer à
[moi-même,
que je devais à quelqu'un trois années de ma
[vie,
et ensuite ma vie entière.
Et que Massada* ne tombe pas une seconde
[fois.

*Lorsque Kineret a dit de sa voix douce la célèbre
incantation* Et que Massada ne tombe pas une

* Forteresse qui surplombe la mer Morte. Au premier siècle de
l'ère chrétienne, quelques centaines de Juifs résistèrent durant de
longs mois à la puissante armée romaine qui les assiégeait. Ayant
épuisé leurs vivres, ils décidèrent de se suicider, hommes, femmes
et enfants. L'épopée sioniste a ressuscité cet épisode héroïque (mais
pas unique) de la résistance juive à l'occupant romain et en a fait
un symbole national.

seconde fois, *nous étions en larmes, prêtes à prendre les armes et à nous faire dégommer dans la minute pour protéger notre petit pays. Ce pays où les veuves ont trente ans, où les canons ne se sont jamais tus et où, lorsque l'on dit que le fils du voisin est «tombé», chacun sait que c'est à la guerre. Dans un silence ému, nous pensions toutes que nous faisions partie d'une grande chaîne lourde d'histoire, de morts mais aussi d'espoir. Toutes sauf une.* Daniéla (de l'autre tente) a lâché d'un ton un peu supérieur :

— *C'est complètement idiot. Ça s'appelle de la propagande.*

Kineret a haussé un sourcil, les filles se sont quasiment jetées sur elles en hurlant :

— *Tu ne sais pas ce que tu dis ! C'est de notre pays qu'il s'agit ! De notre histoire ! Tu n'as pas le droit de dire ça !*

Daniéla est restée calme. Elle a simplement répondu :

— *Vous avalez tout ce que l'on vous sert. On vous parle d'un pays idyllique et vous, vous y croyez naïvement. Ces paroles sirupeuses, c'est bon pour les émissions télé le jour de l'Indépendance. C'est bon pour faire croire aux foules que nous sommes si beaux, n'est-ce pas ? Si gentils, si sensibles, si pacifistes, et* que, malheureusement, *nous devons toujours nous défendre.*

— *Mais c'est la vérité ! a protesté Vered.*

— *Quelle vérité ? Celle à laquelle vous voulez croire, pour ne pas vous poser de questions sur l'uniforme que nous portons, sur ce qu'il représente pour les Palestiniens, par exemple.*

Il y a eu un court silence. Je pense que personne n'avait précisément réfléchi à la question. Kineret écoutait le débat avec intérêt mais n'intervenait toujours pas. L'émotion a repris le dessus :

— *Arrête ! Ça n'a rien à voir ! Nous avons une histoire particulière, les Juifs ont été persécutés partout pendant des siècles, et les pionniers sionistes se sont sacrifiés pour que l'on puisse vivre ici en paix…*

— *Justement si, «ça a à voir», a coupé Daniéla. Tant que nous aurons cette image romantique et irréprochable de nous-mêmes, nous continuerons à opprimer un peuple sans même nous en apercevoir.*

— *Mais c'est eux qui…*

La discussion sur les Palestiniens s'est enlisée. À bout d'arguments, le «camp des patriotes» a balancé à la figure d'une Daniéla stoïque les morts de la Shoah, ceux de la guerre d'indépendance, de la guerre des Six Jours, de la guerre du Kippour, de la guerre du Liban.

Et parmi ces morts, il y avait une grand-mère, un oncle, un père, un frère, un cousin, un ami.

Je n'ai pas dit un mot. Je n'avais pas de mort proche à exhumer. Je pensais aussi que Daniéla n'avait pas tout à fait tort, mais qu'il fallait dire les choses autrement, expliquer, sans faire autant de mal, sans provoquer ces crises de larmes, sans tout remettre en question.

Ou alors il fallait vraiment désespérer, ôter l'uniforme et déserter dans la minute.

5/10/88. 20 h 50.

La course de quinze kilomètres a eu lieu aujourd'hui et... je n'en ai fait que sept. Est-ce la pression de ces derniers jours, cette présence trop longue dans un univers monochrome, cette condamnation à ne réfléchir qu'une demi-heure par jour (lorsque j'écris) ? Certainement. Tout en courant, j'ai élaboré un petit plan niveau CM2 : l'un des verres de mes lunettes a tendance à se détacher de la monture. Au milieu de la course je l'ai fait discrètement tomber dans ma poche. J'ai appelé Kineret et lui ai dit que je ne voyais plus grand-chose. Elle ne m'a pas cherché de poux dans la tête, m'a remis un billet de sortie et a demandé à la jeep qui nous suivait de m'accompagner à l'entrée de la base, où je trouverais facilement un véhicule pour Hadéra.

Quatre heures de solitude ! Quatre heures de liberté totale ! J'ai eu du mal à cacher ma joie.

À Hadéra, où je n'avais jamais mis les pieds, j'ai replacé le verre sur la monture et me suis installée à la terrasse du premier café venu. J'ai regardé autour de moi avec étonnement : des gens de tous âges, habillés en noir ou en couleurs, des bébés dans des poussettes, des enfants en train de trotter. Ce sont eux que j'ai regardés avec le plus de curiosité : je n'en avais pas vu depuis longtemps. Personne ne remarque les enfants, dans les rues. Mais moi je vis désormais dans un monde où l'on peut rencontrer des hommes et des femmes entre dix-huit et cinquante-cinq ans – jamais d'enfants. Je me suis rendu compte que leur présence me manquait. Ou plutôt, que leur absence n'était pas tout à fait normale.

Je vis dans un monde interdit aux moins de dix-huit ans, ai-je pensé.

Pendant trois heures, je n'ai rien fait. Pas écrit, même pas téléphoné à la maison, à Rahel ou à Yulia. Je me suis rassasiée des bruits de la ville, des maisons quelconques, mais pas en préfabriqué, des gens.

J'ai respiré l'odeur enivrante de la liberté volée.

6/10/88. 9 h 20.

On s'en doutait, mais l'information vient d'être confirmée par des sources extrêmement sûres : nous sortons ce week-end !

... OÙ PERSONNE NE MEURT D'ENNUI

Je commence à me sentir chez moi dans les bus rouges de la compagnie Egged qui sillonnent le pays. J'ai mes petites habitudes : une place près de la fenêtre, si possible. De la musique dans les oreilles, Gainsbourg aujourd'hui. Contemplation du paysage si vert par rapport au désert du Néguev, c'est le paysage des chansons catégorie « le bel Israël », celui des descendants des pionniers : travailleurs, en bonne santé, le regard volontaire et confiant, mal habillés, mais ils s'en fichent tellement que personne ne le remarque. Signe particulier : ils aiment chanter en chœur, le soir, autour d'un feu de camp. Souvent, ce sont des chansons révolutionnaires russes traduites en hébreu.

Immanquablement, je glisse sur mon siège, cale mes jambes contre le siège qui me fait face, et je ferme les yeux.

La route endort les enfants, dit-on. Et les soldats aussi.

Je me réveille en plein désert, comme la fois précédente. Une usine sur la gauche m'indique que je serai à Beer-Sheva dans un quart d'heure. On croirait que ce bâtiment gris et joufflu, posé au milieu de nulle part, est là pour servir de repère au voyageur.

Combien de fois l'usine me préviendra-t-elle que je rentre à la maison, dans les deux ans à venir ?

Je suis détendue. Ou plutôt : à l'extérieur de moi-même. Étrangère. Je suis pour moitié dans une base, et pour moitié « chez moi ». Et les deux parties, jamais, ne se rejoindront. C'est une certitude. Rien ne pourra réunir les deux mondes, il faudra que je m'arrange toute seule pour supporter une double vie, en évitant de devenir schizophrène.

J'ai lu un jour que certains prisonniers, une fois leur peine purgée, n'arrivent pas à vivre pleinement leur nouvelle liberté. Ils ne savent qu'en faire, elle les terrifie, ils s'y noient et dépriment. Ils récidivent alors. Simplement pour retourner en prison.

Ma sœur Sonia n'est pas à la maison, et elle commence à me manquer. Mes parents manifestent leur joie de me voir après quinze jours d'absence, mais ils ont l'air un peu gênés, désorientés. Ils me regardent comme si j'avais grandi de trente centimètres en une nuit. Ai-je tant changé ? Moi, à l'intérieur, dans mon attitude, ou est-ce la magie de l'uniforme ?

On ne parle pas à un soldat comme à un adolescent. Personne ne lui demande de ranger sa chambre, de baisser le volume de la musique, de libérer la ligne téléphonique. Ces phrases, qui rythmaient ma vie avec mes parents il y a quelques semaines encore, je ne les entendrai plus.

La rupture me semble brutale.

Le soldat est une sorte d'adulte encore plus responsable que ses parents. Il porte sur ses épaules la sécurité du pays. C'est ce que nous a affirmé notre caporale Kineret, un soir.

J'appelle Rahel et Yulia, impatiente de les voir, de leur parler, même si elles ne comprennent pas tout.

Elles sont très excitées. Le compte à rebours a commencé pour elles : leurs convocations portent la date du 17 octobre. Elles ont de fortes chances d'être dans la même base et, pourquoi pas, dans la même compagnie.

Quel mystérieux hasard a décidé, dans les bureaux de l'armée, de m'envoyer seule au combat, et de réunir mes deux meilleures amies ?

Aujourd'hui, peut-être parce que la date fatidique se rapproche pour elles, elles sont plus attentives à ce que je raconte. Pour rééquilibrer nos relations, c'est à mon tour d'être détachée. Aguerrie. Supérieure, malgré moi. J'ai une petite avance sur elles dans le domaine militaire. Tout comme, l'an dernier, j'ai été la première à passer la nuit avec un garçon, détenant pendant quelques mois un savoir qu'elles ne possédaient pas.

Yulia nous quitte pour prendre un bain moussant. C'est sa grande marotte.

Il y a deux ans, nous avions toutes deux décidé de coucher sur le papier les cent rêves, désirs ou projets que nous souhaitions réaliser dans notre vie. Je souris en y repensant : cent, c'est un nombre si enfantin…

L'un des souhaits de Yulia était de prendre un bain de champagne. Je suppose qu'elle avait piqué l'idée dans un article sur Madonna ou Elizabeth

Taylor, elle se nourrit quotidiennement de pages *people*.

Moi, j'avais écrit que je voulais rencontrer l'homme de ma vie, avoir deux enfants. Écrire un livre, partir pour l'Italie, l'Espagne, New York. Et pour Auschwitz, aussi. En souhait numéro vingt-cinq j'avais noté : être toujours l'amie de Yulia, dans vingt ans.

Vingt ans, c'est la seule durée imaginable pour nous, avec beaucoup d'efforts.

Nous avons prévu de cocher scrupuleusement les souhaits réalisés, et d'établir des statistiques : nombre de réalisations par an, indiquées sur un graphique, afin de repérer d'un coup d'œil les bonnes et les mauvaises années ; pourcentage de réalisation chez chacune d'entre nous au terme de cinq, dix, quinze, vingt ans.

Le silence de Rahel m'arrache à ma rêverie. Quelque chose ne va pas.

— Ça va ? je lui demande, pour poser une question positive.

— Comme ça, répond-elle, la gorge serrée.

— Alors ça veut dire que ça ne va pas, dis-je doucement.

— …

– Qu'y a-t-il ? C'est l'armée qui t'angoisse ?
Ne t'inquiète pas. Une fois dedans, tu n'as même
plus le temps de penser. Tu te sens comme un
robot, c'est inévitable, mais assez pratique aussi. Et
puis, tu seras peut-être avec Yulia…

Elle se mord les lèvres et regarde ailleurs. Je
comprends que je n'y suis pas du tout. J'ai parfois
tendance à m'engouffrer dans la tristesse des
autres et à vouloir les consoler le plus vite possible. Trop vite, peut-être.

Je la serre contre moi :

– Rahel, qu'est-ce qui ne va pas ?

Elle se tait, butée. Je sais qu'elle veut parler,
autrement elle se serait débrouillée pour ne rien
montrer. C'est la championne de la dissimulation,
Rahel. Mais moi je l'aime plus encore lorsqu'elle
se montre fragile.

Une illumination, soudain :

– Freddy ?

Un « oui » étranglé me répond.

Zut. Il la quitte pour retourner avec Inbar, son
ex, dont il parle avec trop d'admiration, et trop
tout court.

Faire ça à Rahel la veille de son service militaire ! (Une petite voix méchante murmure dans

ma tête : « Et alors ? Jean-David t'a bien laissée tomber en plein milieu du bac, tu t'en es remise, non ? — Non, justement, et je ne veux surtout pas penser qu'ils sont tous des salauds. Jean-David n'est pas un salaud, je l'aime encore. Et Freddy est mon ami. »)

— Quand ? je demande avec autorité, pour qu'elle se confie enfin.

— Demain soir.

— Demain soir ?!

(Je ne comprends pas : il lui a fait part d'une séparation antidatée ? C'est bizarre, je ne l'imaginais pas aussi... calculateur.)

— Oui, demain soir. Il ne veut plus continuer comme ça. Il n'en peut plus. La police militaire le cherche sérieusement à présent. Il se cache chez Rafi depuis deux semaines, mes parents refusent qu'il vienne à la maison. Alors il a décidé de se rendre, de purger sa peine et de réintégrer l'armée.

Je n'ose lui dire que j'avais compris tout à fait autre chose.

De toute façon, elle a enfin éclaté en sanglots et je la serre fort. Je lui dis que je suis là, qu'on est tous là, qu'on l'aime, que ça devait arriver un jour ou l'autre, qu'elle savait bien depuis un mois qu'il rendrait un jour la liberté volée. Et puis, je l'assure qu'il ne souffrira pas, et qu'au fond je ne vois pas la différence qu'il peut y avoir entre une base militaire «normale» et une base-prison. Là-bas aussi, il doit y avoir des eucalyptus, des corvées de chiottes ou de cuisine, des tentes et des sacs de couchage. Je la soûle de paroles consolatrices, je me sens si proche d'elle lorsque je sais qu'elle a besoin de moi…

Nous restons sur l'herbe longtemps, à parler comme je croyais que ce n'était plus possible. Au moment de la quitter je lui demande :

— Vous avez prévu quelque chose pour ce soir ?

— On va voir *Orange mécanique*, de Stanley Kubrick. Ilan dit que c'est un film-culte. C'est la première fois qu'on le projette à Beer-Sheva.

— On y va à quelle heure ?

— Sois prête vers neuf heures.

— OK. Je t'aime, tu sais ?

Je l'embrasse, et file dévorer mon premier repas digne de ce nom depuis quinze jours.

Retrouver ma bande d'amis me met de bonne

humeur. Freddy est volubile. Je lui glisse à l'oreille :

– Rahel m'a dit, pour demain. On sera là. Pour elle et pour toi.

Un éclair de gravité passe dans ses yeux et il me serre la main. Il me semble que tout le monde parle plus que d'habitude, s'enthousiasmant pour pas grand-chose. Pour conjurer le sort. Pour ne surtout pas évoquer l'échéance de demain. Au cinéma, je prends place entre Ilan et Rahel, elle-même à côté de Freddy. Ils sont pudiques, mais ils se serrent l'un contre l'autre légèrement plus que d'habitude. Elle est toute frêle près de sa masse immense. Je suis triste, tout à coup.

Eux, au moins, ils s'aiment. Ils ne seront séparés que pour un temps.

Je me tourne vers Ilan, qui fait office de grand frère pour nous toutes surtout lorsque les temps sont durs.

– Le film dure combien de temps ?

– Deux heures dix-sept, très exactement.

Ses yeux brillent. Ça fait longtemps qu'il voulait voir *Orange mécanique*, interdit aux moins de seize ans.

Je bâille.

La pub n'en finit pas.

La lumière s'éteint. Un frisson parcourt la salle bondée, dont la moyenne d'âge est de vingt ans, tout au plus. Certains demandent qu'on se baisse un peu devant. D'autres réclament impatiemment le silence. Je sens une tension inhabituelle. Je n'ai jamais rien vu de Stanley Kubrick. Mon film-culte c'est *The Kid*, de Chaplin. Et son *Dictateur* aussi.

Gros plan sur un visage étrange, un œil entouré de faux cils, un drôle de chapeau melon noir sur la tête. La caméra s'éloigne et dévoile deux autres types à l'apparence identique, et des femmes nues qui servent de tables basses. Ce sont des poupées gonflables. Je commence à avoir des doutes sur les goûts d'Ilan.

Les trois types sont à présent dans un parking. Ils s'acharnent violemment sur un vieil ivrogne. Ilan se penche vers moi :

— C'est génial, ils utilisent un argot russe.

Je me fiche du russe. Et je me sens très très mal. Ce n'est pas du tout ce que j'avais envie de voir pendant ma perm. De la violence, même au trente-six millième degré.

L'épaule d'Ilan est proche, toute proche. Je suis

debout depuis 3 h 45 ce matin, je n'aurai aucun mal à fermer les yeux si je pose ma tête quelque part.

Dans un demi-sommeil, j'entends *I'm singing in the rain*, sur fond de hurlements, mais ce n'est pas Gene Kelly qui chante. Je pense que je fais un cauchemar, que je dois être très fatiguée.

Il y a des soirs où l'on a besoin d'autre chose que de films-cultes.

Dans la nuit, je me lève pour dévaliser le frigo d'aliments qui ont un goût étrange, simplement parce qu'ils sont froids. Je ne comprends pas très bien cette pulsion : je n'ai pas faim, mais j'ai besoin de me remplir l'estomac sans apprécier, très vite, comme s'il y avait un vide à combler à tout prix.

J'ai passé une partie de la journée avec Rahel. Nous avons peu parlé. Nous avons mis de la musique et avons surtout chanté ensemble. Les chansons racontent la vie mieux que nous, lui ai-je dit, à quoi bon essayer de les surpasser ?

Freddy et elle se sont donné rendez-vous à dix-huit heures, pour être un peu seuls, avant qu'on l'accompagne au bureau de la police militaire.

La nuit tombe tôt. Je propose à Rahel de descendre voir avec moi le coucher du soleil.

La masse sombre et rectangulaire de notre «ancien» lycée (déjà !) se découpe sur le désert. À sa gauche, le disque doré descend lentement, comme s'il allait se noyer dans le sable. À chaque seconde, le ciel change de couleur. Le spectacle est d'une beauté à couper le souffle. Nous sommes serrées l'une contre l'autre, unies par tous les couchers de soleil que nous avons regardés ensemble, et par la même question qu'aucune ne pose : à quand le prochain ?

Nous risquons, au gré de nos perms respectives, de ne pas nous voir pendant longtemps.

— On s'écrira, murmure Rahel.

— Oui, je lui réponds. Mais qui regardera le soleil, lorsque nous ne serons plus là ?

Chez moi, maman m'accueille avec un regard brillant et m'interroge d'une voix triomphale :

— Devine qui t'a appelée ?

— Je sais pas.

Je n'ai pas une folle envie de jouer aux devinettes.

Elle a l'air un peu déçue par ma réaction mais

conserve l'air gourmand de celle qui détient un fabuleux secret :

— Jean-David.

— QUOI ?

— En l'occurrence ce n'est pas « quoi ? » mais « qui ? », que tu devrais dire. Jean-David t'a appelée il y a dix minutes.

Je ferme les yeux et me laisse inonder par le bonheur. Et je souris, comme je crois ne pas avoir souri depuis très longtemps.

Maman poursuit, ravie à présent :

— Il a dit que tu pouvais le joindre jusqu'à sept heures environ.

Je bondis sur le téléphone. Maman sort du salon sur la pointe des pieds. Mon cœur bat violemment. Que vais-je lui dire ? Pourquoi appelle-t-il, presque quatre mois après notre séparation ?

Première sonnerie.

Mes mains tremblent. J'ai peur soudain d'être trop heureuse, et de tomber de haut dans quelques secondes.

Deuxième sonnerie.

Si à la quatrième il ne répond pas, je raccroche.

Troisième sonnerie.

— Allô ?

Sa voix, son timbre dans lequel je sens percer, à tort peut-être, son ironie habituelle.

— C'est Valérie. (Ma voix est un souffle qui se veut détendu.)

— Quelle surprise ! s'exclame-t-il en hébreu, en faisant une faute.

— On ne dit pas ça comme ça, lui dis-je, fortifiée soudain par la supériorité indéniable que j'ai sur lui dans une langue qu'il baragouine depuis quelques mois seulement. Et puis ce n'est pas une surprise, c'est toi qui m'as appelée.

— *Ken, ken, at tsodeket**, poursuit-il d'une grosse voix, qu'il pense être l'accent israélien.

Il fait le pitre. De deux choses l'une : il n'est pas seul, ou alors il ne sait que dire.

On est bien partis.

— Ça va ? demande-t-il.

J'ai envie de le gifler. Alors je réponds, avec un enthousiasme surdimensionné :

— Parfaitement. Je passe des vacances fabuleuses, dans le nord du pays. C'est tellement mer-

* Oui, oui, tu as raison.

veilleux que je me lève tous les matins à trois heures et demie, pour être sûre de ne rien rater. C'est un quatre étoiles tout confort, les pieds dans le sable, les douches à quarante mètres, et une température qui descend à moins dix la nuit. Tu veux l'adresse?

Un silence me répond. Je m'aperçois que jamais je ne lui ai parlé aussi librement, sans peser chacun de mes mots, sans vouloir paraître à tout prix intelligente. Il me semble que j'ai marqué un point. (Mais quel match jouons-nous?)

Son ton se radoucit:

— Écoute, je pense à toi, vraiment. J'imagine que c'est... non, je n'imagine rien, d'ailleurs. J'aimerais que tu me racontes. Tu pourrais peut-être faire un détour par Jérusalem, entre deux affectations?

Un détour par Jérusalem! Revoir ses yeux rieurs, ses mains! L'embrasser, même sur la joue. J'ai envie de lui dire que j'arrive, tout de suite, que justement il faut que j'aille à Jérusalem, pour raison militaire (c'est un peu gros mais qu'importe, il ne peut pas vérifier). Je me sens des ailes, rien ne peut me retenir...

Si.

Freddy se rend ce soir, et Rahel a besoin de moi.

Alors je lui réponds que oui, je pense passer par Jérusalem, peut-être dans une semaine, après la fin de mes classes et avant le début d'autre chose, d'un stage dans une autre base, probablement.

Nous bavardons encore pendant quelques minutes, mon cœur s'est calmé et je raccroche sur la promesse de donner signe de vie très rapidement.

Les questions se bousculent dans ma tête. J'appelle Yulia, et lui annonce la nouvelle en poussant des cris barbares dans le combiné. Elle répond : « J'arrive ! » et la voilà déjà dans ma chambre, en train de me faire répéter plusieurs fois mot pour mot la conversation, le ton qu'il a employé, celui sur lequel je lui ai répondu. Elle est notre experte en analyse des rapports amoureux, elle lit tout ce qui lui tombe sous la main sur la question, et elle a emmagasiné pas mal de séries télé desquelles elle a tiré des enseignements précieux.

Au bout d'une heure, elle rend son verdict :

— Il a certainement envie de te voir en uniforme. C'est un fantasme très fréquent, chez les

Européens et les Américains. Il faut que tu y ailles, et que tu saches vite à quoi t'en tenir avec lui. Mais ne te fais pas d'illusions, ça peut être juste comme ça...

Voilà une phrase qu'elle aurait mieux fait de ne pas prononcer.

Ilan m'appelle. « On se retrouve tous en bas de chez Rahel dans dix minutes. » Je revêts mon uniforme, dans l'espoir que la présence d'une soldate en règle adoucira le sort de notre ami.

Nous sommes une quinzaine, répartis dans trois voitures. Rafi s'engueule avec Rahel : il ne veut pas qu'elle conduise (il n'ajoute pas « dans cet état » mais c'est comme s'il l'avait dit) et elle refuse obstinément de laisser le volant à quelqu'un. Je fais un signe discret à Rafi et il renonce à la convaincre.

Dans la voiture, Freddy enclenche la cassette de Danny Robas. « Des trains 1968-1980-1988 », une chanson sur John Lennon.

Un nouveau commencement, 1980,
Des repas tout prêts, des voyages projetés,
le monde et le bonheur avaient cédé,
ils étaient à nos pieds.

Tu t'es levée tôt et tu es allée dans le nouvel
                              [appartement
pousser des cartons, parler avec la femme
et moi je dormais encore, avec un petit transistor que
                              [nous avions apporté.
Et alors Lucy in the sky *m'a forcé à me lever,*
A day in a life, *le café dans la bouilloire,*
et un speaker qui a craqué, lorsqu'il a annoncé que
                              [Lennon n'était plus.
Et sa mort, comme sa vie, symbole de ma vie,
et de notre mort.

Fuyant comme un chien sous la pluie j'ai traversé
                              [la rue vers toi,
et nous sommes restés enlacés dans la lumière blême.
Je me souviens du contact de ta main

Comme des trains partent, des trains viennent,
chargés de marchandises et d'obscurité
des ombres me font signe rapidement.
Des trains t'emportent, m'emportent,
vers un lieu loin de nous,
et nous payons le prix.

En décembre, Tel-Aviv est un vieux cinéma.

Dans le film Imagine, *devant un public restreint,*
le temps s'est arrêté sur nous en 1988.
Là-bas, sa première femme a raconté d'une voix
                                           [douce
un train vers l'Inde, un voyage vers la vérité.
Elle parlait d'eux et j'ai pensé à nous.
Elle est restée sur le quai, la foule s'est refermée sur
                                           [elle,
elle a su que le train qui partait l'arrachait à sa vie.

Dans ta valise il y a encore de l'espoir, peut-être de
                                           [l'inquiétude.
Dans la mienne il y a sa musique, et une image
                                           [triste du film.

Des larmes coulent doucement sur mes joues.
Je pense que Rahel conduit les yeux mouillés.

Le bureau de la police militaire est planté au
bout d'une allée poussiéreuse, dans une sorte de
no man's land. Le soldat en faction devant
l'entrée regarde notre groupe d'un air perplexe.
Il se demande peut-être s'il doit tirer en l'air.
Nous nous arrêtons à quelques mètres des escaliers, petit troupeau recueilli et craintif. Freddy

s'avance, Rahel serrée contre lui, et dit d'une voix grave :

— Je suis un déserteur. Je viens me rendre.

Le soldat, pas plus ému que ça, lui ordonne :

— Donne-moi tes papiers et suis-moi.

Nous baissons tous les yeux pour ne pas voir l'instant de la séparation. Quelqu'un murmure :

— Salut, Freddy.

Et nous reprenons tous en chœur :

— Salut, Freddy. À bientôt.

Le soldat ne nous accorde pas un regard. Freddy disparaît sans se retourner et nous restons immobiles. Il n'y a plus rien à faire, mais on ne peut pas partir si vite.

Le silence est insupportable.

Rahel est écarlate, elle va exploser. Je m'approche d'elle et lui chuchote :

— On fait la course jusqu'aux voitures ?

Sur le chemin du retour, je repense au texte sur la Nouvelle-Zélande que Kineret nous a lu. Je me dis que nous n'avons que dix-huit ans et que, comme on dit en hébreu, tout ça est trop grand pour nous.

FEU !

9/10/88. 21 h 45.

Pas très « évident » de redevenir le matricule 3810159,
après les émotions de ce week-end. Je donnerais dix ans
de ma vie pour avoir quelques jours de liberté, tout de
suite. Être auprès de Rahel, la consoler comme je peux,
et surtout — pourquoi mentir ? — prendre le premier bus
en partance pour Jérusalem. Mais rien de cela n'est pos-
sible, je suis ici jusqu'à vendredi et, ensuite, je dépendrai
d'autres officiers et sous-officiers, une main invisible a
déjà choisi mon affectation, a déjà décidé de ma vie.
C'est ça, être adulte ?

Ultime cours d'armement cet après-midi, avant le
grand jour, demain, où nous allons tirer pour la première
fois à balles réelles.

Entraînement intensif ce matin : course de
deux heures autour de la base, mur d'escalade,
course en rampant sous des filets, tout ça certai-

nement pour nous mettre en condition avant l'heure H. Puis grand rassemblement avec Inbar Katz, plus sexy que jamais, qui nous donne ses consignes :

— Soldates, sur le terrain de tir, le respect scrupuleux des ordres est INDISPENSABLE. Ce n'est plus uniquement une question de hiérarchie, c'est une question de vie ou de mort. La négligence, l'inattention, la bêtise peuvent entraîner des catastrophes irréversibles. Vous devez vous mettre dans la tête que vous êtes non seulement responsables de vous-même, mais aussi des autres.

Il y a dans son ton quelque chose d'alarmant, une gravité qui signifie : «Attention ! Ce n'est pas un jeu. Vous n'êtes pas les figurantes d'un film oscarisé, ou même d'un film de série B.» Elle a prononcé les mots de vie et de mort, qui prennent soudain une consistance particulière, qui dépendent d'une balle rondouillette calibre 9 mm. L'excitation que nous ressentions quelques minutes auparavant est tombée.

C'était certainement le but recherché.

Nous montons dans des camions de transport

de troupes, identiques à ceux que nous voyons régulièrement s'acheminer vers la frontière libanaise. Le silence règne. De toute façon, il est impossible de parler. Nous sommes secouées sans ménagements par des cahots incroyables. Nous risquons de mourir d'un accident de la route avant d'avoir tiré notre première balle.

Le champ de tir : du sable, des cailloux, des cibles en carton qui représentent des silhouettes humaines d'un mètre soixante-quinze environ.

Nous allons tirer par groupes de dix, chaque compagnie est scindée en deux. Les soldates qui ne tirent pas doivent rester dans un périmètre de sécurité. Quiconque en sort sans autorisation est passible d'un mois de prison.

J'aperçois Eynat, qui m'adresse un signe d'encouragement. Elle sera parmi les premières à tirer, et elle y va avec le sourire.

Je m'assieds à l'écart des autres. Le soleil est brûlant, le gilet pare-balles me tient chaud.

J'entends des coups de feu, mais je ne regarde pas celles qui tirent.

Les consignes de tir face à un « suspect » qui se révèle être un « ennemi » me reviennent en mémoire. La dernière phrase : *Tirer dans l'intention de tuer*. J'entends cette phrase et elle devient la voix « off » du reportage sur les territoires que j'ai vu samedi à la télé, le même que celui que j'avais vu quinze jours auparavant.

Enfin, presque le même. Les images sont identiques – pierres lancées par des frondes, pneus brûlés, gaz lacrymogènes, tirs – mais ce ne sont pas les mêmes hommes qui tombent.

Les soldates ne combattent pas dans les territoires. Les soldates ne vont pas au combat.

À quoi rime cette séance de tir aujourd'hui, ces cibles que je ne veux pas regarder, même si elles sont en carton ?

Des larmes se mêlent à la sueur qui coule de mon front. Quelqu'un pose sa main sur mon épaule. Kineret me sourit :

– Tu ne te sens pas bien ?

– Pas trop, non.

– Tu as peur de tirer ?

– Ce n'est pas vraiment une peur... Je me pose des questions.

Elle s'assied près de moi.

– Quelles questions ?

– C'est compliqué. Je me demande comment je réagirais, si je devais un jour tirer vraiment, sur une personne faite de chair et de sang. Je me demande aussi de quel côté je suis. Je voudrais éviter de choisir un camp.

— Choisir un camp ?

Je murmure :

— Tu sais bien : les pierres ou les fusils.

Elle prend sa respiration et dit :

— Je me suis posé les mêmes questions que toi, lorsque j'ai tiré pour la première fois, ici, il y a quelques mois. L'Intifada venait d'éclater. Et j'ai trouvé les réponses. Tu sais ce que veut dire Tsahal ?

— Bien sûr : ce sont les initiales de « Armée de défense d'Israël ».

— Exactement. C'est donc ça que tu dois retenir, armée de *défense*. Tu n'auras jamais à utiliser ton arme contre quelqu'un, sauf si ce quelqu'un menace ta vie. Tu dois te défendre, alors, pour te protéger et protéger les autres.

— Mais pourquoi aurais-je un ennemi qui en veut à ma vie ?

— Ne te cache pas derrière une fausse naïveté. Il est évident qu'à partir du moment où tu revêts l'uniforme tu n'es plus un individu aux yeux des autres. Tu représentes l'armée israélienne, celle qui est tous les jours face aux Palestiniens. Quelles que soient tes convictions, tes émotions. C'est ainsi, mais ça ne doit pas t'empêcher de penser.

Je reste perplexe. Elle se lève et me donne une petite tape sur l'épaule :

— Ne t'inquiète pas. Tout va bien se passer.

On appelle à présent les matricules de la compagnie D. Nous sommes alignées devant une rangée de sacs remplis de sable, fusil en bandoulière. On nous distribue des casques, pour éviter d'avoir les tympans explosés par les déflagrations. Inbar Katz est au bout de la file, sur ma droite.

— Soldates, à partir de maintenant vous exécutez mes ordres au millimètre et à la seconde près… Ôtez les bandoulières de vos fusils.

Nous nous exécutons, le cœur battant.

— Mettez-vous en position de tir couché.

— Introduisez le chargeur dans votre arme, en maintenant le canon pointé vers la cible. Ne mettez pas votre doigt sur la détente.

— Visez la cible. Faites basculer le cran de sûreté. Alignez votre arme dans la ligne de tir. Soyez prêtes. Vous devez attendre l'ordre de tirer pour chacune des cinq balles.

– À mon commandement… préparez-vous…
FEU !

Quelques secondes d'hésitation suivent l'ordre. Puis des tirs timides (autant que des tirs puissent être timides) se font entendre. Je me concentre, je cale mon arme entre mon épaule et ma joue, pour éviter d'être blessée par la secousse du fusil. Je tire.

– FEU !

Une deuxième balle. On ne peut penser à rien quand on tire, on ne pense qu'à *ça*.

– FEU !

Une troisième balle, qui a dû s'approcher du cœur de la cible.

– FEU !

Une quatrième balle. Il me semble que je vise de mieux en mieux.

– FEU !

La douille atterrit sous mon nez. Cinquième et dernière balle. Déjà.

– Maintenez le canon vers les cibles. Enlevez vos chargeurs. Vérifiez qu'ils sont vides. Remettez la sécurité. Ne bougez pas.

– Caporale Kineret !

– Oui, ma commandante !

– Passez dans les rangs de la compagnie, comptez les douilles et vérifiez les chargeurs.

Je n'ai pas bougé d'un millimètre, je regarde toujours droit devant moi. Mais je suis persuadée que Kineret m'a souri, en ramassant mes douilles.

– Soldates ! Abaissez vos armes. Caporale Kineret, opérez la vérification des cibles.

Kineret nous donne nos résultats. J'ai mis deux balles dans le cœur de la cible, les autres juste à côté. Il paraît que c'est plutôt très bien pour une première fois, à vingt-cinq mètres de distance.

11/10/88. 18 h.

La séance de tir hier. Partagée entre la fierté et le trouble. Ce soir, le programme est un peu chamboulé. Nous sommes de garde. Pour de bon. En ce qui me concerne, de minuit à deux heures du matin, à un endroit stratégique : l'armurerie. Le mot de passe d'aujourd'hui est : « Pleine lune. » Certains ne se privent pas d'être poètes.

12/10/88. 2 h 30.

C'était étrange. La nuit m'a semblé plus noire que

d'habitude, plus mystérieuse ou menaçante. J'étais avec une fille d'une autre tente, assez trouillarde. Je n'ai pas fait de difficultés pour être contaminée par sa peur. Chaque mouvement dans les feuillages, chaque grillon un peu trop bruyant nous semblait suspect. Comme lorsque l'on est gamin, et que l'on reste seul à la maison le soir, pour la première fois.

À un moment donné, les bruits sont devenus franchement inquiétants : quelqu'un semblait se faufiler, à quelques mètres de nous. Nous avons commencé à prononcer les phrases de sommation, effrayées par le son de nos voix. J'ai hésité à tirer en l'air. J'ai allumé ma lampe de poche qui a éclairé un tas de bois, tout près de nous. Une famille de rats s'amusait tranquillement entre les planches ! Nous avons poussé des cris d'horreur et sommes restées terrifiées jusqu'à la relève.

Kineret est passée nous voir, elle s'est gentiment moquée de nous.

Aujourd'hui, nous prêtons serment. En attendant, grasse matinée : le réveil est programmé pour six heures !

22 h 30.

Ç'a été extraordinaire. Nous avons troqué nos treillis contre notre uniforme de gala. Le régiment s'est

rassemblé dans la cour de cérémonie. Il y avait une bro-
chette de gradé(e)s, le commandant de la base, qu'on
n'avait jamais vu. Il a prononcé un discours sur une
estrade, et derrière lui étaient allumées des lettres de feu.

« Je jure », disaient-elles.

Il nous a dit que nous étions de vraies soldates à
présent, que l'armée et le pays comptaient sur nous, que
nous étions aussi importantes l'une que l'autre, quel
que soit le rôle qui nous serait attribué.

Nous avons défilé une à une devant lui, et Inbar
Katz nous a tendu une Bible et un fusil. La main
droite sur la Bible, le fusil à gauche, nous avons solen-
nellement prêté serment :

— Je jure fidélité à Tsahal et à l'État d'Israël. Je
jure de servir mon pays conformément à sa loi. Je jure
de respecter la vie, et de la défendre.

Puis, très émues devant les lettres de feu qui brû-
laient toujours, nous avons chanté l'hymne national,
Hatikva, *l'espoir.*

Nous avons rendu notre équipement et avons
eu droit à une petite fête où nous avons beaucoup
ri et pleuré. C'est dur de se séparer, après avoir
vécu autant de choses ensemble.

J'ai appris, sans surprise, que j'étais nommée

dans les services secrets. Je dois me présenter dimanche à 11 heures dans une base, et je n'ai pas le droit de dire ni d'écrire où elle se trouve. Là-bas, j'effectuerai un stage de trois mois. Eynat est affectée dans une unité de radars. Elle a été déçue mais tout le monde lui dit que c'est passionnant. On m'envie un peu, aussi, les mots «services de renseignements» sont auréolés d'un mystère excitant. Nous vérifierons cela sur place.

Ce week-end, j'irai peut-être à Jérusalem, et je ferai peut-être l'amour avec Jean-David. Mais il n'y aura pas d'histoire entre nous. Dans ma nouvelle unité, les permissions de sortie ont lieu une fois toutes les trois semaines, dit-on. Il n'a pas l'âme d'une femme de marin. («Le mari d'une marine» ne se dit malheureusement pas.)

J'ai l'impression d'avoir vécu cent ans dans cette base. Ça a duré à peine quatre semaines. Il me reste vingt-trois mois. En uniforme, dans d'autres bases, avec d'autres personnes.

Être adulte, c'est peut-être ça : prendre l'habitude de vivre une vie, se séparer des lieux, des êtres, commencer une autre vie, ailleurs.

J'appuie sur la touche «play» de mon baladeur.

These mist-covered montains
Are a home now for me
But my home is the lowlands
And always will be
Some day you'll return to
Your valleys and your farms
And you'll no longer burn
To be brother in arms

Through these fields of destruction
Baptism of fire
I've watched all you suffering
As the battles raged higher
And though they did hurt me so bad
In the fear and alarm
You did not desert me
My brothers in arms
There are so many different worlds
So many different suns
And we have just one world
But we live in different one

Now the sun's gone to hell
And the moon's riding high
Let me bid you farewell

Every man has to die
But it's written in the starlight
And every line on your palm
We're fool to make war
On our brothers in arms.

II

JÉRUSALEM, MON AMOUR

Un soldat a désigné dans un geste empli d'ennui une baraque poussiéreuse et m'a dit d'attendre.

— Combien de temps ? lui ai-je demandé.

— Tu attends, a-t-il répondu, plein de bon sens. De toute façon tu n'as rien d'autre à faire.

J'ai posé mon barda par terre et m'y suis adossée. J'ai sorti de mon sac *Gros-Câlin* et je me suis mise à lire comme je ne l'avais pas fait depuis longtemps. C'est-à-dire que je n'étais plus moi, Valérie, j'étais Cousin, petit employé de bureau hypersensible, hyperlucide, hyperdésespéré, qui adopte un python pour régler ses angoisses de solitude.

Un regard m'a tiré de ma lecture. Comment sent-on ce genre de chose ? Peut-être sommes-nous si bien habitués à l'indifférence des autres que la moindre marque d'intérêt parvient à notre cerveau directement, sans rencontrer d'obstacles sur son chemin.

J'ai levé les yeux. Une lieutenante d'une quarantaine d'années, cheveux blonds frisés, grande et maigre, m'observait avec étonnement. J'ai pensé que c'était ma commandante et je me suis levée vivement, hésitant à me mettre au garde-à-vous. Bizarrement, elle a sursauté, comme prise en faute, m'a offert un sourire d'excuse puis s'est éclipsée. Je suis restée songeuse. Cette femme, malgré son uniforme et ses galons de militaire de carrière, ne semblait pas à sa place. Sa réaction, sa façon de s'enfuir, de s'excuser auprès d'une «bleue» étaient très étranges. J'ai rouvert mon livre, mais une ombre s'est interposée entre le soleil et moi.

– Valérie? Matricule 3810159?

Une caporale toute petite, très fine, aux longs cheveux, plutôt laide, m'avait posé les deux questions gentiment.

– Oui.

– Bienvenue dans notre base. Suis-moi.

J'ai traîné mon barda à l'intérieur d'une pièce triste. Une sergente était assise derrière le bureau et fumait, les yeux mi-clos. Grande, un carré raide joliment coupé, des yeux en amande, assez robuste, sûre d'elle.

— Bonjour, je suis Tamar, la commandante du stage, et voici Romy, mon adjointe.

Laurel et Hardy, ai-je traduit mentalement, tout en la saluant.

— Vous êtes dix filles dans ce stage. Tes camarades ont été convoquées pour demain matin. Comme tu habites loin, on t'a demandé d'être là aujourd'hui. Tu peux dormir à la base ou dans les environs. Dans tous les cas, tu devras être devant cette baraque demain matin à 8 heures. Passe prendre ton arme à l'armurerie avant toute chose. Je te donne le formulaire de retrait et une autorisation de sortie. À demain.

Crac ! Boum ! Que de sensibilité, que de finesse dans son discours ! En même temps, j'ai pensé que la moche ne pouvait pas être simplement gentille, et la jolie, bourrue. Trop facile, trop schématique. J'avais trois mois pour percer les carapaces de Laurel et Hardy. J'ai souri.

La sergente Tamar m'a jeté un coup d'œil surpris mais n'a rien dit. J'ai salué de nouveau, je suis sortie.

Calcul rapide : la base est près de Tel-Aviv, à cent vingt-cinq kilomètres environ de Beer-Sheva. En revanche, Jérusalem n'est qu'à soixante kilomètres. En me levant très tôt, demain, je pourrai être ici à l'heure.

Cap sur la Ville sainte. Ni pour prier, ni pour me lamenter, ni pour manifester, ni pour visiter, ni pour respirer l'air de David, Jésus ou Mahomet, ni pour acheter des horreurs pour touristes dans le souk de la Vieille Ville. Jérusalem parce que celui que j'aime est là-bas. Et une petite voix me murmure que c'est ce soir ou jamais.

Libre, je me sens plus libre que jamais dans l'autobus bondé qui s'essouffle sur la route. Nous venons de dépasser le lieu-dit de Shaar Hagaï. Les Arabes l'appellent Bab el-Oued. Les deux expressions veulent dire la même chose : la porte du Ruisseau. C'est ici qu'a eu lieu l'une des batailles les plus sanglantes de la guerre d'indépendance, en 1948. Des deux côtés de la route qui grimpe raide, des véhicules militaires ont été laissés sur place, pour rappeler cet épisode au voyageur. Cette fois, je ne me suis pas endormie. Remplie d'espoir et de questions. Il ne sera pas là. Il sera là. Il ne sera pas seul. Il me dira : « Viens. » Il inventera un prétexte pour ne pas me voir. Il va triompher, en me voyant arriver avec mon amour étalé sur la figure, et il va se moquer de moi. Il me prendra dans ses bras. Il ne comprendra pas pourquoi je suis là, tout à coup. Je lui dirai la vérité. Mais quelle vérité ?

J'effleure le canon de mon arme. Un Uzi, l'arme des filles et des jobniks, mais Jean-David n'est pas censé le savoir. Je veux l'impressionner, l'épater, le séduire. Je veux dépasser dans son esprit cette fille qui me l'a pris. Elle est totalement française, elle n'a jamais fait l'armée, ça lui enlève des points. En quelque sorte, je compte sur Tsahal pour m'aider à reconquérir mon premier amour.

Nous sommes à présent au sommet d'une colline, mais ici, vu la hauteur des collines, on parle de montagne. Il y a quelque temps, un Palestinien s'est jeté sur le chauffeur d'un bus de cette ligne, la 400, et a précipité le véhicule dans le ravin. Bilan : seize morts et une immense frayeur qui s'est abattue sur le pays tout entier. La compagnie Egged a dû débourser des dizaines de milliers de shekels pour équiper les bus de barrières qui protègent les chauffeurs. Un monument a été dressé à la mémoire des morts. Nous roulons trop vite, et je ne peux lire leurs noms.

Nous descendons, pour monter sur une autre

colline. D'où que l'on vienne, la route semble longue et ardue, avant d'arriver à Jérusalem.

Dans le centre-ville piétonnier. Il est dix-sept heures, les cafés sont bondés, mais quand ne le sont-ils pas ? J'ai téléphoné il y a cinq minutes. Je suis tombé sur son répondeur, j'ai raccroché. Deux heures et trois mokas plus tard, il répond enfin.

— Allô ? (Toujours de sa grosse voix pseudois-raélienne.)

— Jean-David ? C'est moi.

— Salut, soldate ! Tu m'apportes des nouvelles du front ?

— Il n'y a pas vraiment de front, espèce de sous-civil ignorant. Et de toute façon, on dit que les nouvelles classées top secret sont à la une des journaux. Allume ta télé et coupe le son, tu comprendras mieux ce dont on parle.

— Tu m'appelles d'où ?

— D'un café, rue Ben-Yehouda.

Il s'étrangle, je suis sûre qu'il s'étrangle. Enfin, il se tait.

— À... à... à Jéru ? bégaie-t-il dans un mouvement de panique ou d'émotion, j'ai du mal à me faire une idée précise.

– Al-Quds*, si tu préfères, ou Yerusha-layim**, en tout cas pas très loin de chez toi, il me semble. J'ai une perm jusqu'à demain matin. Je n'avais pas le temps de rentrer chez moi, je suis venue ici.

– Tu veux…

– …te voir, oui, et peut-être dormir chez toi.

J'ajoute dans un murmure :

– Si tu as de la place…

– On en trouvera. Au pire, la baignoire est plutôt confortable. Je vais acheter de quoi te nourrir. Viens dans une heure. Si tu es chargée, prends le bus numéro 9 et descends au deuxième arrêt de la rue Aza. Sur ta gauche, il y a une petite rue qui monte, c'est la rue Berlin. Au rez-de-chaussée du numéro 14, ton serviteur.

– Merci. À tout de suite.

Je ferme les yeux. Ivre, tendue, angoissée, impatiente, anxieuse, inquiète. Louée soit la langue française qui a créé ces adjectifs pour exprimer ce que je ressens à cet instant.

* Nom arabe de Jérusalem.
** Nom hébreu de Jérusalem.

16/10/88. 6 h 10.

Dans le premier bus en partance pour Tel-Aviv.

Il m'a ouvert la porte, des milliers d'étincelles dans ses yeux, la surprise de l'uniforme. Il a écarté les bras dans un geste de joyeuse défaite. Je l'ai embrassé, j'avais envie de rester blottie contre lui pendant des heures, il m'a proposé un café. Je lui ai raconté les classes, sans hésiter à en rajouter un peu. S'il ne m'aime pas, qu'il m'admire au moins ! Nous avons dîné chez lui. Ça fait très couple de manger à deux dans un appartement. Je n'ai pas osé le lui dire.

De temps à autre, il me lançait des regards étranges. Je donnerais vingt ans de ma vie pour savoir ce qu'il pense de moi, ce qu'il ressent surtout.

Nous avons parlé, nous nous sommes tus. Il a mis le Requiem *de Fauré, qu'il vénère. Je lui ai dit qu'il me rendait triste, tandis que celui de Mozart m'apaise et me donne envie de chanter. Vers minuit, j'ai posé* the question *:*

— Je dors où ?

Il a fait mine de réfléchir et a demandé en retour :

— Tu veux dormir où ?

Si j'avais pu, je l'aurais étranglé et j'aurais vécu le restant de mes jours avec son meurtre sur la conscience. Tout ça pour une question de couchage, si j'ose dire.

J'ai pris mon courage à deux mains :

— Le droit au repos des soldates, ça existe. Je dors dans ton lit. Si tu veux, je suis prête à te faire une petite place.

Et hop ! Au lit les enfants. Bien sagement, en T-shirt. Et bien raides aussi, pour ne surtout pas se toucher.

Il s'est penché au-dessus de moi pour me dire bonne nuit. Il m'a embrassé le front, le nez, les yeux, j'ai embrassé son front, son nez, ses yeux. Nous nous sommes serrés fort fort l'un contre l'autre, toute la nuit, en caressant le visage de l'autre dans un demi-sommeil, chastement, comme deux enfants qui s'aiment en cachette, et c'était plus fort que faire l'amour, c'était plus beau que tous les plus beaux instants de ma vie réunis.

Je l'ai regardé longuement ce matin avant de partir. Il a ouvert les yeux, m'a dit : « Fais attention à toi. Reviens me voir. »

J'ai fermé la porte tout doucement en me disant que je pourrais mourir demain, ça m'était égal. J'avais reçu ce que j'attendais de la vie.

UNE PREMIÈRE DÉFAITE

Un mois de stage, déjà. C'est le lycée puissance dix. Nous étudions de huit heures à minuit avec des pauses pour se détendre en accomplissant une corvée de chiottes par-ci, une corvée de cuisine par-là, une garde de deux heures pour meubler les temps morts...

J'ai décidé de ne plus prendre mes repas avec les autres, au réfectoire. Je déjeune d'un toast au fromage fondu et d'une barre de chocolat tous les jours, en regardant le ciel qui s'obstine à rester bleu dans ce monde kaki. Vive la Résistance! Résultat: j'ai pris deux kilos, mes camarades me regardent d'un air méfiant mais j'ai terminé *Gros-Câlin* et j'écris, j'écris, sur la mort, sur le vide, sur le bonheur qui dure quelques minutes, sur Jean-David, à Jean-David, des lettres que je ne lui envoie pas. Je sais qu'il n'attend rien de moi, qu'il ne veut surtout pas savoir que je l'aime comme je rêve: tout le

temps. À plusieurs reprises, j'ai aperçu la lieutenante du premier jour qui m'observait de loin. Je
l'ai surnommé 3E, « l'espionne qui espionne les
espionnes ».

Nous sommes donc dix filles. Neuf originaires
de la banlieue nord de Tel-Aviv : papa est ambas-
sadeur, maman avocate, papa dirige l'Institut stratégique de Ramat-Gan, maman est journaliste,
papa est lieutenant-colonel, maman est au minis-
tère de la Défense, on a une villa de six, dix,
quinze pièces et on vient à la base dans la petite
voiture que l'on a reçue pour ses dix-huit ans.

La dixième fille vient de Beer-Sheva. C'est
loin, à plus de cent vingt kilomètres, personne
n'a jamais mis les pieds là-bas, on ne voit pas
pourquoi on irait dans un trou pareil d'ailleurs.
La fille de Beer-Sheva rejoint la base en bus, et
quelquefois en stop. Son père est technicien à
l'usine aérospatiale. Sa mère est préparatrice en
pharmacie. La fille de Beer-Sheva n'a pas le permis, garde son baladeur sur les oreilles la nuit et
ne daigne pas manger à la cantine. Lorsque son
groupe est de corvée, lorsqu'il faut ranger la
chambre pour une inspection elle prend un bou-
quin et dit aux autres de faire de même. « On

nous donne une heure, nous on se démène comme des dingues, et ensuite c'est jamais bien, il faut tout recommencer. Pourquoi se fatiguer à faire les choses parfaitement puisque, de toute façon, les commandantes ne sont jamais satisfaites ? » Les filles lui lancent un regard de travers, pensent qu'elle ne se conduit pas comme une vraie soldate, mais elle est française et, pour l'instant, ça lui épargne une haine frontale.

J'ai pensé au départ que j'étais une erreur. Qu'on m'avait placée là par inadvertance, ou pour arriver à un chiffre rond. Il paraît que non. Il paraît que les tests psychométriques que j'ai passés avant l'armée étaient vraiment bons. Pour couronner le tout, je suis la meilleure de la promotion « tomates cerises ». Un soldat d'un autre stage m'a appris qu'on nous surnommait ainsi parce que la plupart d'entre nous mesurent moins d'un mètre cinquante-cinq et pèsent dans les soixante kilos. Je suis horriblement vexée d'être concernée par cette appellation : je mesure un mètre soixante-deux pour cinquante-cinq kilos. Certes, je ne suis pas une asperge, mais on aurait pu m'épargner la tomate toute ronde qui n'offre aucun espoir esthétique.

Au premier jour du stage, la sergente Tamar nous a dit solennellement :

— Vous avez été choisies entre des milliers pour faire partie des services de renseignements militaires. Le travail que vous allez faire quotidiennement, les missions que vous serez amenées à effectuer, sont accomplis dans toutes les armées du monde par des officiers de carrière. C'est sur vous que repose en premier lieu la sécurité du pays. La moindre erreur d'inattention peut mettre en péril la population. Savez-vous que la guerre du Kippour a été déclenchée dans un silence radio presque complet ? Les avions égyptiens ont décollé en communiquant par de simples « clics ». Vous savez ce que cela a coûté au pays.

Respectueuses, nous songeons toutes à la guerre la plus sanglante d'Israël. Tamar reprend :

— Vous allez être affectées à des services d'écoute et d'analyse. Il va falloir bosser comme vous ne l'avez jamais fait dans votre courte vie pour assimiler en trois mois l'équivalent d'un programme de terminale, toutes matières confondues. Vous n'avez pas le droit d'être mauvaises, ni même moyennes. Vous devez être excellentes. Se tromper, flancher sont des verbes que vous allez rayer de votre vocabulaire. On entre dans les services de renseignements très difficilement, en revanche la porte de sortie est ouverte vingt-quatre heures sur vingt-quatre. Il est interdit de parler à quiconque de ce que vous apprenez ici. Ni à vos parents, ni à vos amis, ni même aux autres soldats qui suivent des stages dans cette base. Les services sont totalement hermétiques, et doivent le rester. En fin de stage, vous prêterez serment à Aman*. Le secret est à présent votre état naturel.

Nous nous sommes mises au travail tout de suite. Des cartes à apprendre par cœur, en une nuit, avec des centaines de lieux. Il nous faut connaître toutes les villes, villages, hameaux, collines, montagnes, lieux-dits de nos voisins. Et puis aussi les bases, les stations-radars, les noms de code des régiments, des fréquences utilisées, des escadrilles, des pilotes. En un mois, j'en sais cent fois plus sur la géographie de la Jordanie, de la Syrie, de l'Irak, que sur celle d'Israël. Nous serons principalement affectées aux écoutes aériennes. Les

* Acronyme des services de renseignements militaires.

pilotes jordaniens utilisent l'anglais. C'est un petit cadeau qu'ont laissé les Britanniques, passés par là il y a cinquante ans.

Quotidiennement, un contrôle de connaissances sur ce qui a été appris la veille. Chaque jeudi, un contrôle sur le programme de la semaine. La tension est permanente. Jamais je n'aurais cru pouvoir retenir autant de choses. Chaque jour j'ai l'impression que ça y est, j'ai atteint ma limite de stockage, plus aucune information ne peut pénétrer mon cerveau surchargé. Pas même un refrain de tube d'été bien con du genre : «Le soleil brille/et moi je crie/mon amour pour toi/prends-moi dans tes bras.» J'imagine qu'en sortant d'ici je serai amnésique sur tout ce qui ne concerne pas les Etats voisins d'Israël.

Et puis non. Le cerveau enregistre encore, encore, encore plus. Il s'offre des extensions de mémoire, un nouveau disque dur de temps en temps et la nuit, je rêve de Pétra, H_4, H_5, Gizeh, Amman, Bagdad, des villes, des bases que je n'ai jamais vues, où je n'irai jamais parce que les frontières séparent des ennemis, mais que je peux situer sur une carte les yeux fermés.

Quatre-vingt-quinze. Cent. Quatre-vingt-dix-huit, quatre-vingt-dix-neuf, mes notes se succèdent, parfaites ou presque. Tamar et Romy sourient chaque fois qu'elles me rendent un devoir, je sens que dans quelque temps je vais recevoir le prix du meilleur espoir des services de renseignements.

Nous avons une perm tous les quinze jours. Je suis donc sortie une fois, et je n'ai pas vu Rahel, affectée comme secrétaire de régiment sur le plateau du Golan, vers la frontière syrienne. Nous nous écrivons presque chaque jour. J'écris à Freddy aussi, qui déprime sec dans sa prison. Yulia est dans des bureaux militaires, à Beer-Sheva. Elle rentre tous les soirs chez elle. Elle dit qu'elle a l'impression d'être encore au lycée, sauf que, là, elle touche six cents balles par mois. Elle était très en forme, elle prétend faire des ravages parmi les soldats. Je n'ai eu aucun mal à la croire, elle est vraiment très belle. J'étais heureuse de la voir, mais j'avais du mal à garder les yeux ouverts.

Nous sommes jeudi. Je suis impatiente de sortir demain. Rahel sera là, ma sœur aussi, que je n'ai pas vue depuis deux mois. On a prévu de faire la fête tout le week-end. Yulia a pris des places au théâtre, où l'on joue *La Mégère apprivoisée*. On s'est dit aussi qu'on irait peut-être à la mer, pour profiter des derniers rayons du soleil avant l'hiver qui s'installe tranquillement avec ses 20 °C vers le mois de décembre. J'ai pensé que je pourrais aussi aller à Jérusalem samedi soir, et dormir chez Jean-David. Étant donné la quantité d'informations que je peux emmagasiner en vingt-quatre heures, je suppose que je peux bien vivre l'équivalent d'un mois en deux jours.

Il est 18 heures. Tamar et Romy entrent dans notre salle de classe pour nous rendre le contrôle de ce matin. Il portait sur les effectifs de l'armée jordanienne et sur l'analyse d'un combat aérien de la guerre des Six Jours, et nous a semblé plus difficile que les autres. Noa, Heidi, Eynat la rousse, Eynat la blonde, Rahel, Hila, Emek, Tsila, Mérav et moi tournons vers nos instructrices des regards inquiets. Celles-ci ont la mine d'un chef d'état-major qui vient de s'apercevoir que ses meilleurs soldats ont organisé un karaoké au lieu de préparer une mission spéciale.

Pour conjurer le sort, je récite mentalement toutes les notes que j'ai eues depuis le début du stage. Au pire, j'aurai un petit quatre-vingt-cinq. C'est la note la plus basse tolérée. En deçà, les sanctions pleuvent : corvées, contrôles supplémentaires, deux ou quatre heures de retenue les jours de sortie.

Les filles poussent des soupirs de soulagement au fur et à mesure qu'elles reçoivent leurs copies. Tamar s'arrête devant moi, le regard sévère.

— C'est très mauvais : tu nous as déçues, lâche-t-elle d'une voix glaciale.

— Horriblement déçues, renchérit Romy.

(C'est vrai, je me suis trompée. Je n'aurais pas dû les surnommer Laurel et Hardy mais Dupont et Dupond.)

— Quatre-vingts, laisse tomber Tamar d'une voix sépulcrale.

— Quatre-vingts ! s'exclame Romy, comme si Tamar m'avait parlé en serbo-croate et que j'avais besoin d'une traduction simultanée.

— C'est grave. Très très grave, commente Tamar. Tu peux te permettre ce genre d'échec une fois, pas deux.

— Nous avons réfléchi à une punition, poursuit Romy, hypocritement désolée : tu n'auras pas de permission ce week-end et tu feras trois gardes. Le reste du temps, tu pourras venir réviser ici. Tu auras un contrôle dimanche soir.

C'est la punition la plus sévère infligée depuis le début du stage. Neuf paires d'yeux sont fixées sur moi. Heidi, Eynat la rousse, Rahel et Hila semblent atterrées, mais je me demande si elles compatissent ou si elles frémissent à l'idée de ce qui peut leur arriver un jour. Noa, Eynat la blonde, Emek, Tsila et Mérav affichent un petit air satisfait. Je fixe le coin d'une table en me répétant mentalement : « Il ne faut pas que je pleure, il ne faut pas que je pleure. » Le sang m'est monté à la tête. Les larmes se pressent contre mes orbites, prêtes à jaillir. Si mon menton tremble, c'est la fin, je ne pourrai pas retenir mes sanglots. Alors je broie mon menton entre le pouce et l'index, et je cherche désespérément la phrase d'un livre, le vers d'un poème, une musique, pour échapper à cet instant où je suis non seulement accusée et jugée, mais aussi coupable. Je ne trouve rien d'autre que des noms de bases, des noms de code, des noms en arabe ou en anglais qui se mélangent et défilent devant mes yeux à une vitesse vertigineuse. Je m'obstine, je cherche compulsivement, comme si c'était une question de vie ou de mort, je recompose le visage de Jean-David devant moi dans une lumière aveuglante et j'entends un chœur qui chante pour moi :

Requiem æternam dona eis, Dominæ : et lux perpetua luceat eis. Te decet hymnus, Deus, in Sion, et tibi reddetur votum in Jerusalem. Exaudi orationem meam, ad te omnis caro veniet. Requiem æternam dona eis, Dominæ, et lux perpetua luceat eis*.

Le *Requiem* de Mozart. Je l'entends comme si des centaines de musiciens et de choristes s'étaient posés dans notre base et le jouaient pour moi. Je suis sauvée.

Je parviens même à décrisper mes mâchoires et à planter mon regard dans celui de mes instructrices :

— Ce n'est rien, je murmure. Je vais bien

---

* Seigneur, donnez-leur le repos éternel et faites luire pour eux la lumière sans déclin. Dieu, c'est en Sion qu'on chante dignement Vos louanges ; à Jérusalem on vient Vous offrir des sacrifices. Écoutez ma prière, Vous vers qui iront tous les mortels. Seigneur, donnez-leur le repos éternel, et faites luire pour eux la lumière sans déclin.

ttendu étudier tout le week-end, et je me rattraperai dimanche.

Tamar a l'air perplexe. Romy affiche une mine réjouie. Mon cœur va se décrocher dans trente secondes mais il faut que je tienne jusqu'à ce soir, tard. Jusqu'au moment où je serai dans mon lit et où je pourrai entendre le *Requiem* pour de bon. En pleurant enfin.

J'ai téléphoné à la maison. J'ai pris un ton enjoué pour annoncer : « Vous avez une chance folle ! Un mois sans me voir ni laver mon uniforme, c'est presque des grandes vacances pour des parents ! » Maman était hors d'elle. Elle s'est proposée de téléphoner au commandant de la base pour lui dire que c'était un scandale d'enfermer sa fille qui avait eu les meilleures notes du stage jusqu'à présent, que nous n'étions dirigés ni par Hitler, ni par Staline, et que, objectivement, je n'avais commis aucun crime, j'avais même eu une bonne note. J'ai tenté de la calmer :

— Ça arrive à tout le monde, ce n'est pas un drame. Quinze jours sont déjà passés depuis ma dernière perm, il n'en reste que quinze, ça passe si vite… Imagine que je suis partie traverser les États-Unis en jeep, j'essaierai de penser de même de mon côté.

J'ai appelé Yulia, qui m'a consolée de son mieux. Je lui ai dit de prévenir Rahel que j'essaierais de la joindre le lendemain vers six heures.

Je n'ai pas téléphoné à Jean-David. Je n'aurais pas pu lui parler. Trop de phrases bloquées dans ma gorge. Il eût fallu que je sois capable de lui dire que je l'aime, que je voudrais qu'il m'écrive, qu'il vienne me voir. Il aurait été certainement gentil avec moi, réconfortant. Mais pas amoureux. J'ai plus de forces aujourd'hui pour le silence que pour la pitié.

De la pitié, elles en ont à revendre, les filles qui partagent ma chambre. Même celles qui m'avaient semblé satisfaites tout à l'heure. Heidi propose de me laisser sa provision de biscuits, Noa me tend sa cassette de Sting, Hila m'embrasse et dit de sa voix de dessins animés qui nous faisait éclater de rire, les premiers jours :

– C'est vraiment inzuste. Tu es la meilleure d'entre nous. On a dézà eu quatre-vingts, on n'a zamais été sanctionnées comme ça.

– C'est justement parce qu'elle est la meilleure,

murmure Rahel, la plus réfléchie, calme, posée d'entre toutes.

— Tu vas avoir le dortoir pour toi toute seule, les douches pour toi toute seule, c'est presque comme une suite au Hilton! chantonne Eynat la rousse.

— Et tu sais bien que le cuisinier se surpasse, le week-end, ajoute malicieusement Eynat la blonde.

Je les regarde comme si je les découvrais. Un peu honteuse, je pense que je les ai tout de suite rangées dans une boîte avec l'étiquette «filles à papa» collée dessus. C'est vrai, d'ailleurs, elles sont particulièrement gâtées par la vie, elles possèdent tout ce que je n'imagine pas avoir dans vingt ans. Ça ne les empêche pas d'avoir un peu d'imagination, et de comprendre ce que je ressens, aujourd'hui en tout cas.

Je décide de faire un effort et de manger le lendemain avec elles à la cantine. J'aurai bien assez de temps ce week-end pour être seule.

Quand même. Je n'ai pas pu m'empêcher d'avoir un pincement au cœur, lorsqu'elles sont parties avec leurs gros sacs pleins de linge sale.

Paria, brebis galeuse, parasite, des mots humiliants me trottaient dans la tête. Et l'inavouable, ce que je peux confier seulement à Rahel : la peur d'être expulsée du stage, si je récidive. C'est une angoisse qui a envahi mon corps. Tout le monde redoute cet instant, dans tous les stages de l'armée. D'ailleurs, en hébreu, on dit que l'on « tombe » d'un stage. De même que « tomber » signifie « mourir ». Je vais m'accrocher, serrer les dents et étudier intensément, comme je l'ai annoncé hier. Je vais enfouir profondément ma peine de ne pas voir ceux dont j'ai le plus besoin au monde. Je ne sais pas si je suis bien ici, mais je sais que je suis fière d'avoir été sélectionnée pour être dans les services de renseignements. Il faut donc que j'y reste coûte que coûte.

J'ai passé le week-end entre la salle de cours, le poste de garde et la cabine téléphonique. Lorsque les filles sont rentrées, elles m'ont trouvée très fatiguée. Mais j'ai réussi mon contrôle, j'en suis certaine. Le visage de Tamar me confirme, ce lundi matin. Elle me tend la feuille avec un hochement de tête.

– Quatre-vingt-douze. Ce n'est pas mal, mais ce serait mieux si tu revenais à tes premières notes.

Romy fait la moue :

– C'est juste. D'autant plus que tu avais presque deux jours pour t'y préparer.

Il y a comme du triomphe dans sa voix. Qu'est-ce qu'elle attend, au juste ? Que je flanche encore une fois, et que je tombe ? J'aimerais bien le lui demander mais je risque gros : on ne plaisante pas avec la hiérarchie et c'est dommage, ça interdit la franchise dans les rapports. Je ravale mes questions et regarde droit devant moi. Un chiffre, cent, que je veux atteindre à tout prix, tout le temps, à partir d'aujourd'hui. Je me plonge frénétiquement dans une étude comparée des avions de combat F-5 et F-1.

Au dîner, il y avait des cuisses de poulet, le grand luxe dans les cantines de l'armée, mais je n'avais pas faim. À présent, nous remontons vers notre salle de cours et j'ai brutalement chaud, très chaud. Je me précipite à ma place, j'essaie de respirer un bon coup mais rien n'y fait. Le sang afflue vers ma tête et ne reflue pas. Je commence à étouffer. J'enlève mes lunettes, j'essaie de me débattre contre la chose invisible et inconnue, mais c'est pire. Je veux appeler à l'aide, mon visage est paralysé, je ne peux bouger mes lèvres, des fourmis courent sur mes joues. J'entends quelqu'un crier :

– Regardez, Valérie se sent mal !

– Valérie ! Valérie ? Tu peux parler ?

Non, je ne peux pas parler, et je dis avec mes yeux que je m'affole, que j'ai très peur de mourir dans quelques minutes, qu'il faut me sauver.

Quelqu'un passe devant moi en criant :

– Vite ! Appelez Tamar et Romy !

Je ne bouge plus, de peur de serrer un peu plus l'étau qui me broie le crâne et le cœur. Tamar et Romy surgissent devant moi. Elles tentent de m'aider à faire quelques pas. Je reste désespérément tétanisée. Ce que je vois m'angoisse encore plus. L'expression affolée de Romy. Celle, grave, de Tamar.

On me dépose sur un brancard. L'infirmerie. Une infirmière à la voix traînante prend ma tension et demande :

– Oùùùùùù tu as maaaaal ?

Je désigne ma tête. J'essaie d'articuler quelques mots :

– Je suis essorée, j'ai traversé l'océan en pleine tempête.

Elle reste impassible. Elle veut du précis, du concret :

– Mais qu'est-ce qui s'est passé exactement ?

– J'ai eu très chaud et…

Je stoppe net. Ça revient. Une douleur se réveille quelque part dans mon corps et monte vers ma tête, elle s'amplifie de seconde en seconde, elle remplit ma boîte crânienne qui va exploser. Je suis une bombe. Je sanglote à sec. Je hurle en me prenant la tête entre les mains :

– Ça revient, ça revient ! Oh non ! Faites quelque chose ! Aidez-moi ! Non ! Non ! Ça fait mal ! J'ai trop mal !

Je suis terrifiée. L'infirmière l'est encore plus que moi. Elle appelle :

– Avi ! Avi ! Viens vite !

Un soldat surgit, jette un regard rapide pour savoir laquelle de nous deux est au plus mal, décrète avec bon sens que c'est moi, pétrit ma main pour me rassurer tandis que, de l'autre, il compose un numéro de téléphone.

– Une ambulance. Tout de suite. On a besoin d'emmener une soldate aux urgences.

Cette soldate, c'est moi. Qui souffre comme elle n'a jamais souffert, et qui découvre avec étonnement que l'on peut avoir très mal et rester extrêmement lucide. Tout voir. Tout entendre. Et avoir peur, donc.

L'ambulance démarre en trombe. La sirène me vrille les tympans. Je me tords de douleur, je pleure, je gémis. *Que m'arrive-t-il ? Vais-je mourir sans revoir ceux que j'aime ?*

L'hôpital Yichilov. La douleur s'est de nouveau tapie dans sa cachette, emportant avec elle toutes mes forces. Je la cherche, je la guette. Son absence m'inquiète. D'où bondira-t-elle, la prochaine fois ? Et pour atteindre quel seuil insupportable ?

On me prend de nouveau la tension. On me fait un électrocardiogramme, une prise de sang. On me parle d'une voix douce, comme à une enfant, mais je suis trop épuisée pour comprendre. On m'administre un comprimé et on m'installe dans une chambre près d'un vieux monsieur très brun au regard transparent. J'ignore pourquoi, je ressens une immense peine en le voyant. C'est la dernière pensée qui me traverse l'esprit avant de sombrer dans un sommeil opaque.

À mon réveil, une infirmière me dit que je vais mieux, que je vais pouvoir rentrer à la base aujourd'hui. Mon voisin de chambre n'est plus dans son lit. Je demande de ses nouvelles. Elle ne répond pas. J'essaie de savoir ce qui m'est arrivé mais elle reste muette. Ou presque :

– On t'expliquera tout en temps voulu.

En voilà une qui a dû aussi jurer le secret, il y a quelques années.

On me donne ma feuille de sortie et deux comprimés, à prendre au cas où une nouvelle crise surviendrait. Je retourne la plaquette :

Valium. J'ai toujours cru que c'était une drogue, je n'imaginais pas qu'un hôpital puisse en délivrer.

L'infirmière-soldate de la base m'attend. Elle me regarde d'un air effrayée. Elle m'agace. À quoi bon vouloir soigner les autres lorsque l'on est si chochotte ? Pour lui donner une bonne raison de trembler, je lui annonce :

— J'ai la rage. On m'a donné un calmant mais l'effet prend fin dans un quart d'heure.

Ses yeux s'arrondissent dans une expression définitivement horrifiée. Elle insiste pour s'asseoir près de l'ambulancier à l'avant et me laisse seule à l'arrière. C'est exactement ce que je souhaitais. Je veux être seule et réfléchir. Mais, j'ai beau faire des efforts, les mécanismes de mon cerveau semblent irrémédiablement bloqués.

Ronit — c'est le prénom que la sentinelle a donné à l'infirmière lorsque nous sommes entrées dans la base — m'installe précipitamment dans ma chambre·et se sauve en avalant ses mots :

— Ton instructrice va venir te voir. Repose-toi.

J'attends Tamar avec impatience. Elle pourra m'apporter des éclaircissements. C'est Romy qui pénètre dans la chambre sur la pointe des pieds, très gênée.

Elle m'explique avec toutes sortes de circonvolutions qu'elle ne sait pas exactement ce qui s'est passé :

— C'est sans doute un malaise dû à une grande tension, une grande fatigue. Tu peux te reposer aujourd'hui, à la base, bien sûr. Demain, on verra si tu reprends les cours…

— Je suppose que la hiérarchie ne va quand même pas pousser la gentillesse jusqu'à me libérer pour que je puisse rentrer chez moi quelques jours….

J'ai prononcé la phrase avec un petit sourire. Je pressens que mon « état » me permet de jouir d'une impunité totale. Je pourrais dire maintenant à Romy que je la trouve moche, hypocrite, bête, et que c'est un scandale qu'elle porte le prénom de mon actrice préférée, elle garderait son air compatissant et me suggérerait de me détendre un peu.

La liberté, c'est la folie, qui permet de dire aux gens tout ce que l'on pense d'eux, sans risquer grand-chose.

— Les filles vont venir te voir bientôt. Elles se sont beaucoup inquiétées pour toi.

Il y a du reproche dans sa voix. Elle ne peut pas s'empêcher de m'en vouloir. À ses yeux, je fais mon intéressante. Pour m'épargner d'autres sentences du même acabit, je ferme les yeux. Dans tous les livres que j'ai lus, dans tous les films que j'ai vus, c'est ce que font les grands malades lorsqu'ils veulent signifier qu'ils souhaitent rester seuls parce qu'ils ne supportent plus les regards apitoyés des gens en bonne santé. Apparemment, Romy est allée au cinéma dans sa vie, que j'imagine médiocre, car elle s'éclipse aussitôt, passablement soulagée d'arrêter là notre conversation.

Les filles pénètrent une à une dans la chambre. Leurs visages sont graves.

— On a eu une peur bleue, lance Heidi.

— Oh oui, reprend Noa, tu étais toute, toute…

— … violette, complète Rahel, qui me fixe d'un air étrange.

— Ils t'ont dit quoi, à l'hôpital ? m'interroge Emek, pragmatique.

— Rien.

Je commence à me sentir coupable. Comment se peut-il qu'un tremblement de terre ne soit rien ? Si on ne peut pas mettre un terme médical sur ce que j'ai vécu, c'est comme s'il ne s'était rien passé.

Noa lance un regard pressant aux autres.

– C'est l'heure du dîner. On te rapporte quelque chose ?

– Non merci. Je n'ai pas faim.

La seule chose que je puisse et que je veuille faire, c'est dormir, dormir, ne plus exister. Ne plus voir dans leurs yeux à toutes la crainte que je leur inspire soudain.

Je n'ai pas entendu Tamar entrer dans la chambre. Elle a laissé un mot sur ma couverture :

Repose-toi, demain est un autre jour.

J'ai décidé de retourner très vite en cours. Si je rate une journée de plus, je vais battre les records de médiocrité du stage avec une note en dessous de cinquante et j'en serai malade pour le restant de mes jours.

Nous commençons nos cours d'écoute, un gros casque sur les oreilles. C'est une bande-son enregistrée, que nous devons décrypter au fur et à mesure sur une feuille de route à en-tête « ultra-confidentiel ». Des pilotes jordaniens s'entraînent. Les dialogues sont passionnants :

– *Hunter one, clear for take off.*

– *Roger.*

– *Hunter two, clear for take off.*

– *Roger.*

Ils sont quatre. Ils ont tous décollé.

– *Hunter one to Hunter two, channel one eight, go !*

Ils changent de fréquence.

– *Hunter one to Hunter two, three, four, do you hear me ?*

– *Loud and clear.*

– *OK. Let's go to five thousand feet.*

– *Five thousand feet, Roger.*

Ils se mettent en position de combat. Le chef d'escadrille dirige les opérations avec l'efficacité d'un metteur en scène. Il place les avions comme sur un échiquier. *Hunter three* joue le rôle de la cible. *Hunter two* doit l'entraîner à sept mille pieds, tandis que *Hunter four* effectue un looping pour se placer pile dans la ligne de tir.

– *Hunter one to Hunter four, do you see the target ?*

– *Fox one.*

– *OK, fire !*

L'exercice est terminé. Un combat aérien dure

en moyenne deux minutes. *Hunter four* chantonne en arabe, manifestement très content de lui.

Nous affichons toutes de grands sourires. Ce que nous avons appris sur les techniques de combat nous permet de «voir» les avions. C'est magique. Et enivrant aussi d'être ce que tout le monde a rêvé de devenir un jour : une mouche qui entend et voit tout, à l'insu de tous. Bientôt, dans quelques semaines, nous vivrons au quotidien avec *Hunter one* et ses copains. J'ai beaucoup de mal à imaginer, à cet instant, qu'ils sont des «ennemis».

En fin de journée, Tamar m'a donné une convocation pour le lendemain, à l'état-major. J'ai rendez-vous avec un officier, un certain Ronen Tal, à 17 h 30. Les bureaux de l'état-major sont à Tel-Aviv. J'ai une permission de quatre heures. Quoi qu'il ressorte de cet entretien que j'appréhende, j'aurai au moins gagné une sortie agréable.

FREUD VIENT À MON SECOURS

J'ai passé trois contrôles différents où l'on a attentivement examiné mes papiers. On m'a installée dans une pièce qui tient plus de la salle d'attente d'un grand médecin parisien que d'un bureau militaire. J'ouvre *L'Étranger*, de Camus, que j'ai décidé de relire hors contexte scolaire. Meursault a chaud à l'enterrement de sa mère. Je trouve ça humain. La question est de savoir si ce qui est «humain» est pardonnable. Je me sens d'humeur philosophique. Et je me demande qui est ce Tal Ronen, ou Ronen Tal, les deux noms sont des prénoms. Je me prépare au pire et au meilleur.

Le pire : il m'annonce froidement que je suis exclue du stage. Trop c'est trop. Une note trop basse, plus une crise que personne ne comprend, c'est bon pour me reléguer au secrétariat ou dans les cuisines.

Le meilleur : Ronen Tal dirige les services de

renseignements militaires et veut me confier une mission importante.

Mon sens des réalités me pousse à opter pour le pire. Les rêves que je me raconte vingt-quatre heures sur vingt-quatre me chuchotent que tous les espoirs sont permis.

Une porte s'ouvre. Un homme mince, un mètre soixante-quinze environ, très bronzé, joliment dégarni, la quarantaine, assez séduisant*, me tend la main. Détail étonnant ici, au sixième étage de la tour d'état-major : il est en civil.

Je pénètre dans un bureau somptueux. Deux fauteuils pivotants en cuir se font face, séparés par un large bureau. À travers une vaste baie vitrée, on aperçoit les lumières de Tel-Aviv.

– Bonjour, je suis le lieutenant-colonel Ronen Tal, responsable des services psychologiques de Tsahal. Sais-tu pourquoi je t'ai convoquée ?

– J'en ai une idée assez précise.

– Raconte-moi cette crise, ce que tu as ressenti, pensé.

---

* J'arrête le portrait ici, il me semble suffisamment clair que je trouve le Ronen Tal en question plutôt beau.

Je me lance dans un long récit qui commence avec la sanction si terrible pour moi : la privation de ma liberté bimensuelle. C'est vrai que j'ai cru étouffer lorsque Tamar a prononcé la petite phrase qui voulait dire : « Tu ne prendras pas le bus 370 pour rentrer chez toi, tu ne dormiras pas dans ta chambre qui n'est pas un dortoir mais une vraie chambre avec des posters aux murs, et des cartes postales d'endroits où tu n'es jamais allée mais que tu rêves de visiter un jour, tu ne mangeras pas des plats préparés dans des casseroles à taille humaine − et non pas dans les marmites de Gulliver −, tu ne sortiras pas en boîte avec tes amis, tu n'iras pas à la mer, tu ne discuteras pas pendant des heures avec Rahel pour résumer vos vies, en sachant que c'est impossible mais en l'espérant quand même, tu n'iras pas retrouver Jean-David. »

Après avoir prononcé le nom de Jean-David, je baisse les yeux. J'en ai trop dit. En quoi cela le regarde-t-il ? Mais, manifestement, tout le concerne puisqu'il en redemande :

— Comment te sens-tu à l'armée ?

Je soupire.

— B… ien.

— Tu as l'air d'hésiter…

— Non, mais la réponse est un peu complexe.

— J'ai tout mon temps.

— Moi pas.

Il hausse un sourcil interrogateur.

— Je dois être à la base dans deux heures, je précise, pour lui rappeler que nous sommes à l'armée, et pas en train de faire tranquillement connaissance dans un pub irlandais.

Il balaie mon explication de la main droite, l'air de dire : «On s'en fiche, j'en fais mon affaire.»

Puisqu'il insiste, je reprends :

— Bon. Je vais être franche : je suis bien et mal. C'est un peu facile comme réponse mais c'est la stricte vérité. Je suis fière de porter cet uniforme, parce qu'il représente une histoire que l'on m'a apprise, parce que c'est l'uniforme des héros, parce que j'ai passé mon adolescence à imaginer avec mes amies les soldates que nous serions. Je sais qu'en faisant l'armée, comme tout le monde, je ferai définitivement partie de ce pays. Je suis heureuse aussi d'être dans les services de renseignements, j'ai l'impression que je vais vraiment servir à quelque chose, et je me passionne pour les cours. En même temps, la rigidité de ce système me pèse. Je sais que la discipline est indispensable, mais il me semble que, si on nous accordait un peu plus de temps, de liberté, si on ne nous obligeait pas à refaire nos lits trois fois, pour le principe, on serait d'aussi bonnes soldates. Et un peu mieux dans notre peau.

J'ajoute :

— Enfin, les autres, je ne sais pas… mais en ce qui me concerne, c'est vrai.

Monsieur le chef des psychologues de l'armée semble réfléchir profondément à ce que je viens de dire. Il demande soudain :

— Qu'est-ce que ça signifie, pour toi, être une femme ?

Je ne vois pas le rapport avec la choucroute mais je n'ose le lui dire. S'il cherche à me déstabiliser, il se trompe, sa question m'amuse beaucoup.

— Être une femme ? C'est vivre avec plus d'intensité qu'un homme, parce que nous traversons des expériences physiques très fortes. C'est vouloir changer le monde, qui nous a mises de côté pendant quelques millénaires. Et c'est aussi être le complément de l'homme.

Ma réponse semble lui plaire. Il poursuit son petit interrogatoire en passant du coq à l'âne, de mes parents à mes goûts musicaux, de ce qui me fait rire – la naïveté des enfants et des vieux, le second degré – à ce qui me fait pleurer – le désespoir des autres, les situations sans issue, le manque d'amour, les films et les livres qui finissent mal.

De ce qui me fait peur – le feu, être impuissante devant une douleur, la violence, ne pas être aimée par un homme que j'aime – à ce qui me révolte – l'injustice, toutes les injustices.

De mes qualités – la ténacité, la fidélité, l'impatience – à mes défauts – beaucoup d'amour-propre, une certaine forme d'égoïsme, l'impatience (aussi).

De ce pour quoi je serais prête à mourir – je ne pense pas être prête à mourir à dix-huit ans – à ce qui me donne envie de vivre – mes rêves, l'envie que j'ai de les réaliser, les livres que je n'ai pas lus, ceux que je veux écrire, les émotions passées et à venir, les couchers de soleil, la vie, telle que je veux la vivre.

Je resterais volontiers des heures dans ce bureau. On ne s'est pas intéressé à moi comme ça depuis quinze ans au moins. Mais toutes les bonnes choses ont une fin.

– Eh bien, Valérie, tu vas retourner à ta base et tu vas poursuivre le stage jusqu'au bout. Il y a là-bas une officier-psychologue, une femme admirable. Tu peux aller la voir si tu veux, de temps en temps, pour bavarder. Ça pourra t'aider à supporter tout ce qui est un peu trop lourd pour toi. Elle s'appelle Shlomit Dror.

Est-ce un signe ? Shlomit est le féminin de « shalom », qui signifie « paix », et Dror veut dire « liberté ».

Je me lève et lui tends la main. Même s'il a sûrement un grade très élevé, il me semble ridicule de faire le salut militaire à quelqu'un qui sait l'essentiel de moi désormais. Sa poigne est ferme et amicale :

– Bonne chance.

Il hésite un peu, puis :

– Tu verras, je suis certain que le meilleur l'emportera sur le pire.

Je lui souris. Je me sens légère. J'ai déposé dans son bureau cinq cents kilos d'angoisse, et il n'a même pas l'air de m'en vouloir.

De retour à la base, je demande à Tamar si je peux voir la lieutenante Shlomit Dror. Elle ne cille pas et me dit qu'elle me donnera une réponse dès que possible. Je me concentre sur une écoute de l'escadrille Bluesky qui s'entraîne dans un combat contre l'escadrille Blackbird.

Dans l'après-midi, Tamar me tend le formulaire numéro 524b : *Le matricule 3810159 a rendez-vous demain matin à 10 h 30 avec la lieutenante Shlomit Dror.*

Nous sommes en principe de corvée de cuisine. J'y échapperai en partie. C'est déjà ça de gagné.

Le bureau de Shlomit Dror est situé dans une petite baraque en préfabriqué qui se distingue des autres bâtiments de la base par des jardinières de géraniums suspendues aux fenêtres. Je suis en avance de deux minutes. À 10 heures 30 précises, une femme grande et mince, cheveux blonds frisés, une quarantaine d'années, ouvre la porte. Laquelle d'entre nous est la plus surprise ? Elle peut-être, qui m'a souvent observée, depuis le jour de mon arrivée, tandis que je lisais. Elle me tend la main. Depuis plus de deux mois que je suis à l'armée, elle est la deuxième personne à faire ce geste envers moi. Ce mouvement me réconforte profondément, dans ce monde où la main portée à la tempe est de rigueur.

— Bonjour, je suis Shlomit Dror.

— Valérie Zenatti. Il était écrit que nous devions nous rencontrer.

Elle me montre des dessins étranges, où de nombreuses lignes noires et épaisses dessinent des formes qu'elle me demande d'interpréter. Puis je lui raconte ce qui m'a amenée ici, la crise que personne n'a voulu nommer. Elle ouvre un dossier et me dit qu'il s'agit du syndrome communément appelé HYG, de l'anglais *Hot Young Girl*. Je traduis mentalement *Jeune fille chaude* et m'indigne :

— C'est très humiliant, comme nom !

Elle est d'accord avec moi, mais elle tient à préciser :

— C'est un mélange de spasmophilie et de tétanie, avec, dans ton cas, une très violente migraine. Et il est vrai aussi que c'est un syndrome qui concerne plus souvent les filles que les garçons.

Je suis moyennement satisfaite par son explication. Elle ajoute doucement :

– Tu sais, parfois le corps exprime ce que l'on n'arrive pas à dire.

À ces mots, sans crier gare, je me mets à trembler et j'éclate en sanglots.

Le stage touche à sa fin. Deux semaines après ma crise, nous avons eu droit à une sortie culturelle. Une pièce de théâtre expérimental à laquelle je n'ai rien compris, jouée par des comédiens-soldats. L'armée est vraiment une version kaki de la société : il y a des cuisiniers-soldats, des chauffeurs-soldats, des chanteurs-soldats, des journalistes-soldats, des standardistes-soldats, des psychologues-soldats, et même des instits-soldats, envoyés dans les écoles des « villes en voie de développement ».

Il y a peu, nous avons appris que trois possibilités d'affectation s'offraient à nous à la fin du stage : deux bases dans le Nord et dans le Sud dites « fermées », c'est-à-dire que les soldats restent dans la base quinze jours d'affilée et sortent ensuite pour cinq jours, et une base près de Jérusalem, dite « ouverte », et de laquelle on peut sortir si l'on n'est pas de garde ou de corvée. On m'a laissé entendre que, vu le domicile de mes parents, je risquais d'être affectée dans le Sud. Cette idée m'a fait frémir, pour mille et une raisons qui portent deux noms : ma liberté et Jean-David.

Pour la première fois de ma vie, j'ai décidé d'être froidement calculatrice et d'utiliser Shlomit Dror, que je vois deux fois par semaine, pour m'échapper du rythme infernal, et parce que c'est si bon de parler à quelqu'un qui écoute vraiment. Je suis par ailleurs persuadée que tout ce qui est dit dans son bureau est soigneusement consigné et transmis le cas échéant à la hiérarchie. On ne prend pas le risque de maintenir sous les drapeaux les dépressifs, névrosés et autres hystériques. Je parsème donc nos entretiens de phrases du genre : « Si je suis dans une base fermée, j'étoufferai de nouveau. » « Si je suis dans une base ouverte, je ne dépérirai pas. »

Je m'en veux un peu de trahir celle qui m'encourage régulièrement, qui juge que c'est bien de ne pas vouloir ressembler à tout le monde, qu'il n'y a rien de mal à vouloir contempler le ciel et les nuages ou à lire, au lieu d'avaler des repas insipides. Mais j'ai l'impression que ma survie dépend de cette maudite affectation et je suis certaine que, au fond, celle qui possède le pouvoir de me sauver n'est pas tout à fait dupe.

Lors de ma dernière permission, j'ai trouvé à la maison une lettre postée à Paris, dans le 9e arrondissement. Jean-David m'écrivait qu'il passait les fêtes en France et qu'il allait skier. Dans une phrase énigmatique il disait : « *Je pense souvent à une petite soldate qui se croit faible mais que je sais forte.* » Il terminait par : « *Encore un sourire, J.-D.* »

Au bout de quelques lectures, je connaissais la lettre par cœur mais je l'ai relue une centaine de fois, en écoutant l'une des chansons de Jonasz que Jean-David préfère :

Elle avait toujours, dans son porte-monnaie,
L'Île au trésor, et des pièces de un franc usées,
Un pinceau de poil de martre, pour mettre des
       [rideaux bleus
aux fenêtres de ses yeux, aux fenêtres de ses yeux.
Un livre à la main sur le balcon, elle s'endormait
      [dans un vieux fauteuil de Manille,
Je cherchais des prénoms : Mathieu, Cécile,
En regardant courir vers l'hiver, dans l'école des
       [filles et des garçons.
Dites-moi, dites-moi même

qu'elle est partie pour un autre que moi,
mais pas à cause de moi,
dites-moi ça, dites-moi ça…

Comme chaque année à la même période, j'ai
ressenti une immense nostalgie des vitrines de
Noël. Comment peut-on vivre des vies si différentes sur la même planète ? Faire la fête ici et pas
là ? Je suis passée de l'année 1988 à l'année 1989
en accomplissant mon tour de garde, et en buvant
un mauvais café noir dans un gobelet en carton.
Emek, la seule fumeuse de notre groupe, qui était
de garde avec moi, a fait un feu d'artifice en pro-
jetant sa cigarette contre le tronc d'un arbre et
nous nous sommes souhaité mutuellement *Happy*
new year.

Je consacre toutes mes forces intellectuelles
aux cours, de plus en plus intensifs, et le reste du
temps je m'isole. Les filles me regardent de nouveau d'un œil distant. Depuis ma crise, elles ne
me comprennent plus du tout. L'armée et ses lois
sont une telle évidence pour toutes, elles ont
biberonné la logique du devoir sur les genoux
de leurs parents, tous officiers de carrière ou de

réserve sans exception. Mon père a fait la guerre d'Algérie en montant la garde devant des salles de cinéma, ce qui a hautement contribué à sa culture cinématographique. Il est imbattable sur tous les films sortis entre 1960 et 1962. Mais lorsqu'il me parle de l'armée française, masculine et aux blagues graveleuses, j'ai du mal à y voir un quelconque rapport avec ce que je vis. Ma mère, elle, n'a jamais porté l'uniforme, ni touché à une arme, ce qui est parfaitement banal ailleurs qu'ici.

11/01/1989. 23 h.

Nous avons prêté serment aux services secrets aujourd'hui. La cérémonie s'est déroulée dans la base, près du petit musée consacré à Yonatan Nétanyahou, héros de l'unité d'élite des services, mort pendant l'opération Entebbe*. Ce voisinage m'a impressionnée. Maman était

---

* En 1976, un avion d'Air France effectuant la liaison Paris-Tel-Aviv fut détourné par des terroristes allemands sympathisants des mouvements révolutionnaires palestiniens. L'avion fut dirigé vers Entebbe, en Ouganda. Les passagers juifs et israéliens furent retenus en otages tandis que les autres étaient libérés. L'équipage français insista pour rester avec les otages. Les services secrets israéliens mirent au point une opération de sauvetage impressionnante saluée par le monde occidental. Cet épisode est connu depuis sous le nom d'« opération Entebbe ».

là, très fière, accompagnée de Yulia, Rafi, Ilan et Freddy, que je n'avais pas revu depuis sa libération. Il a maigri, mais la prison n'a pas réussi à ternir la lumière de ses yeux, ni à altérer sa voix. Il m'a chanté une chanson d'Arik Einstein pleine de joie de vivre et d'espoir. J'étais gonflée de bonheur. C'était si bon de les retrouver, et à travers eux de me retrouver telle que je me connais, gaie, aimée, dans ce lieu où j'ai eu l'impression que j'allais vivre seule une éternité. Le stage, enfin : je me suis offert le luxe d'être classée première, j'ai reçu l'insigne blanc et vert de l'unité et surtout, surtout, je suis affectée dans la base près de Jérusalem ! Merci, Shlomit.

– *Hammer one to Hurricane one, clear for take off.*
– *Hammer one to Hurricane two, clear for take off.*
– *Hammer one to Hurricane three, clear for take off.*
– *Hurricane one to Hurricane two, three, channel 29, go !*
– *Roger, channel 29.*

Je crie :

– Fréquence 29, fréquence 29 !

Et je repose mon stylo.

Voici une semaine que nous sommes arrivées dans cette minuscule base hérissée de drôles d'antennes, sur une colline rocheuse. En contre-bas, un village palestinien. Nous « travaillons » dans un bunker à l'esthétique très dépouillée. Paradoxe : nous écoutons tout ce qui se passe dans le ciel mais nous ne le voyons pas. La première fois que nous sommes entrées dans « l'imprimerie »

– le nom de code de notre salle d'écoute –, nous avons ouvert des yeux ronds : une vingtaine de soldats étaient assis, casque sur les oreilles, devant des magnétophones. Face à eux, sur une estrade, quatre personnes, dont trois types de l'armée de l'air, prenaient des notes et donnaient des directives. Sur une autre estrade, à l'écart, deux soldats pianotaient sur des ordinateurs, également casqués. Ils ont tous souri devant nos mines étonnées et ont repris leur activité comme si de rien n'était.

Nous travaillons pour l'instant en doublon, connectées sur les mêmes magnétos que les anciens, qui vérifient que nous ne confondons pas les dialogues entre pilotes avec une chanson de Madonna. Dans une semaine, nous sommes censées être opérationnelles, une dizaine d'anciens achèvent leur service. D'anciennes, plutôt, car les garçons en ont encore pour un an et on sent que, pour une fois, ils aimeraient bien manifester pour l'égalité entre les sexes. C'est ainsi que les groupes se succèdent, dans un mouvement perpétuel, les nouveaux devenant, au fur et à mesure que les autres partent, les anciens.

Nous faisons les trois-huit. Matin, après-midi, nuit, cette salle est en permanence occupée depuis trente ans. Aucun avion ne décolle du sol jordanien sans qu'on le sache, sans qu'on l'entende. Je trouve ça fascinant.

Chaque magnéto est branché sur une fréquence : tour de contrôle, station-radar ou fréquence d'entraînement des pilotes. Dès qu'un avion change de fréquence, nous le signalons et quelqu'un prend le relais sur un autre poste. Nous transmettons chaque mouvement qui nous semble inhabituel aux soldats de l'armée de l'air, qui le transmettent à leur tour à un bureau qui centralise toutes les informations recueillies par les services. Le soir, nous décryptons entièrement les bandes importantes de la journée et nous analysons les techniques de combat, les progrès réalisés par les pilotes.

Sur la petite estrade, un soldat voit sur son écran les fréquences qui clignotent dès qu'elles sont activées. Il est la « deuxième paire d'oreilles », celle qui vient en renfort lorsque les dialogues sont presque inaudibles. C'est en général un soldat qui a au moins six mois d'ancienneté. À côté de lui, un soldat passe au peigne fin toutes les fréquences, afin de détecter celles qui sont nouvellement utilisées.

En quelques jours, nous avons fait le tour des petites manies de la section. Les postes préférés sont celui de l'aéroport international d'Amman, qui permet d'entendre les pilotes des lignes régulières du monde entier. J'ai souri toute une journée en entendant un pilote d'Air France au fort accent français (en anglais) entrer dans l'espace aérien jordanien.

— *Air France 369 flying from Paris to Bahrain, six thousand feet.*

— *AF 369, six thousand feet*, OK, bon voyage*.

Le deuxième poste préféré des soldats de «l'imprimerie» est l'école des pilotes. Ils se font engueuler tout le temps par leurs instructeurs, c'est très drôle. On compatit, on sait qu'ils ont le même âge que nous.

Enfin, chaque bande magnétique porte un nom, tracé au feutre. Les gens se battent presque pour avoir le privilège d'inventer des noms plus farfelus les uns que les autres. On a droit à «Silence radio», «Hammer ta mère», «Mariage arrangé», «Ketchup et chocolat», «Lieutenant de cuisine», «Les Beatles gazouilleurs», «Combat

* En français dans la bouche du contrôleur jordanien.

de patates», «Pilote boiteux», «Cuve ton vin», «Noa est sublime», «Les yeux de Hussein», «Deux ans de vacances»…

Je me sens bien. Enfin vraiment utile, enfin dans la réalité. Demain, nous fêterons nos quatre mois d'armée, et nous recevrons nos grades de caporales des mains de notre commandant, Ouri.

La cérémonie s'est déroulée dans la cour, devant le réfectoire. Ouri, qui est d'origine américaine, nous a épinglés les deux barrettes blanches en tissu.

– Deuxième classe Valéwi Zenatti, jé tew noume capowal dé Tsahal, l'awmé d'Iswaël, et j'espèwe que tiou honowewa ton niouveau gwade.

Eynat la rousse a été décorée en dernier. Nous étions toutes encore au garde-à-vous lorsque des trombes d'eau, quelques dizaines d'œufs et des kilos de farine se sont abattus sur nous. Nous nous sommes mises à hurler si fort que l'une des deux vigies est accourue, croyant que la base était attaquée. Ouri était écroulé de rire, tandis que les anciens sortaient de leurs cachettes en chantonnant:

– *Mazal Tov* ! Mazal Tov !*

Nous les avons copieusement insultés et les avons poursuivis dans toute la base pour nous essuyer sur leurs uniformes propres. Gil, un ancien, nous a donné de grandes tapes dans le dos en chantonnant :

– Vous êtes des nôôôôtres ! Vous êtes des nôôôôtres !

Ouri nous a demandé de nous remettre au garde-à-vous, en prétextant que la cérémonie n'était pas terminée, et quelqu'un nous a pris en photo. Les «tomates cerises» avaient fière allure, trempées jusqu'aux os, la gueule enfarinée et du jaune d'œuf plein les cheveux ! Ouri a repris la parole :

– OK, girls, si vous insistez, vous pouvez prendre une douche. Les filles qui ne font pas partie du groupe d'alerte ont une permission de sortie jusqu'à dix heures, ce soir.

Ça tombe bien, j'étais dans le groupe d'alerte de la veille. À moi la conquête de Jérusalem.

Le soldat qui m'a prise en stop me dépose près

---

* Félicitations !

de l'université de Mont-Scopus. La ville est déjà plongée dans l'obscurité, la nuit tombe vers seize heures en hiver. J'attends le bus avec des dizaines d'étudiants à peine plus âgés que moi. Comme toujours, lorsque je sors d'une base, j'ai l'impression de traverser le rideau de fer et de passer dans le monde libre. Les « civils » peuvent ne pas se lever, le matin. Lorsqu'ils font la vaisselle, ils ne lavent que trois assiettes et pas soixante-dix. Personne ne les réveille à deux heures du matin pour monter la garde. Ils s'habillent comme ils l'entendent…

Le bus descend lentement vers le centre-ville en traversant les quartiers religieux où des ombres noires se pressent dans les rues pour aller à la prière du soir.

Je téléphone à Jean-David du même café que la dernière fois. La superstition se loge où elle peut. Une voix masculine, inconnue et ensommeillée, me répond :

– Je partage l'appartement avec lui. Il m'a dit qu'il ne rentrerait pas ce soir.

Le cœur battant, je demande :

– Il travaille ?

– Non, je ne crois pas. Enfin, je ne suis pas sa nounou, je ne sais pas.

Je raccroche. Mes pensées jouent au ping-pong dans ma tête.

Il est avec quelqu'un.

                Il sort avec des amis.

Il est amoureux d'une autre.

                Il dort chez un copain.

Il ne sait même plus que j'existe.

                Il attend de mes nouvelles.

Comme souvent, j'essaie de me raisonner à voix haute :

— Bon. Tu ne vas quand même pas gâcher ta sortie. Qu'est-ce que tu crois ? Qu'il passe sa vie scotché au téléphone, en attendant patiemment qu'il sonne, et que ce soit toi ? Non mais tu rêves ! Il vit sa vie. À sa place, tu en ferais tout autant. (J'essaie de protester timidement, mais la voix poursuit fermement :) Allez, marche dans la ville. Regarde comme les pierres sont belles ! Tu n'as pas le cœur qui bat un peu plus fort rien qu'en entendant ce nom ? Jérusalem ! C'est vers elle que tu te tourneras dès que tu sortiras de ta base, elle est la première station de ta liberté chaque fois retrouvée. Tu vas apprendre à connaître cette ville, et tu vas l'aimer comme

tous ceux qui l'ont aimée avant toi : passionnément.

Je fais taire la voix. J'estime que je ne suis pas
une trop mauvaise copine pour moi-même. Je
m'encourage souvent ainsi, en me dédoublant. La
« vraie » Valérie, fragile et désorientée, écoute
sagement l'autre Valérie, celle qui a réponse à
tout, celle qui ne baisse jamais les bras, celle qui
secoue les endormis avec des accents lyriques,
mais convaincants néanmoins.

Je remonte la rue Ben-Yehouda, puis je prends
sur la gauche la rue King-George qui descend
vers le moulin de Montefiori. Je sais que c'est de
là-bas que l'on a la plus jolie vue sur les remparts
de la Vieille Ville. À Jérusalem, on monte et on
descend sans fin, la ville est bâtie sur mille collines. Celui qui est en bas ne peut que monter,
celui qui est en haut ne peut que descendre, c'est
une leçon d'espoir et d'humilité qui passe par les
jambes.

« De la philosophie physique, en quelque
sorte », je murmure pour moi-même. Je ne me
suis même pas aperçue que le chemin que j'ai
choisi pour admirer les remparts est exactement le

chemin que le bus numéro 9 emprunte pour se rendre chez Jean-David. Simplement, arrivé place de France, il faut tourner à droite, et non pas continuer tout droit. À ma gauche, une rue descend en pente. Mon œil est attiré par une inscription : *Alliance française*. Je sais que l'institution a été créée au XIXe siècle pour promouvoir la culture française. La maison en pierre blanche semble accueillante. Des escaliers, un petit perron et de grands panneaux sur lesquels on a inscrit à la main : *Dans le cadre des célébrations du bicentenaire de la Révolution française, l'Alliance française de Jérusalem vous propose ce soir la diffusion de l'émission* Apostrophes *de Bernard Pivot. Il reçoit Élisabeth et Robert Badinter autour de leur livre sur Condorcet.*

Je pousse la porte. Les remparts de Jérusalem, bien plus vieux que la Révolution, m'attendront encore un peu.

En échange de vingt shekels (environ cent francs, j'ai bénéficié du tarif réduit pour les militaires) je reçois ma carte d'abonnement à l'Alliance. Je pourrai désormais assister à des projections de films français et profiter de la bibliothèque. Je suis euphorique. Du moment que les livres sont à portée de main, rien de très grave ne peut m'arriver.

Nous sommes une dizaine dans la petite salle de projection. L'émission commence. Je suis fascinée. Par la culture des invités, leur courtoisie, leur passion. Je me souviens avoir entendu, enfant, Robert Badinter plaider en faveur de l'abolition de la peine de mort. Je me dis que je veux lui ressembler. Posséder cette force, ce calme, cette conviction pour servir des causes justes.

En Israël, tous les extrêmes de la société se côtoient, difficilement parfois. Il y a des gens trop riches et d'autres honteusement pauvres. Des ombres noires qui se balancent en priant Dieu et des silhouettes en minijupe qui dansent en croyant au plaisir et à l'instant présent. Des militants qui veulent la paix maintenant, et qui savent que, pour cela, il faudra donner aux Palestiniens le droit de vivre comme ils l'entendent. Et d'autres qui proclament leur attachement à la Terre, à la Bible, qui se bouchent les oreilles et masquent leurs yeux pour ne pas savoir que trois millions de Palestiniens vivent – mal – à Gaza, dans les collines de Judée et de Samarie. Les tensions se font aussi de plus en plus fortes, chaque jour, entre les religieux qui exigent la fermeture le shabbat d'un cinéma à Jérusalem et les laïcs qui leur reprochent de ne pas aller à l'armée. Entre les chômeurs qui manifestent leur désespoir devant le Parlement et les ingénieurs de haute technologie. Entre les Juifs du Maroc et les Juifs russes, qui arrivent par milliers depuis que Mikhaïl Gorbatchev leur a ouvert les frontières. Entre les militants de gauche et ceux de droite, qui s'envoient à la figure des invectives haineuses : « Assassins ! » crient les premiers. « Traîtres ! » hurlent les seconds.

Et le sang coule, coule, dans les territoires et à Jérusalem, où de temps à autre un ouvrier palestinien se jette sur des Israéliens une hache ou un couteau à la main en criant : « Allah Akhbar ! », Dieu est grand. Certains disent même qu'il faudrait une bonne guerre pour évacuer toute cette tension. Mais qu'est-ce qu'une « bonne » guerre ?

Dans le pays où je vis en 1989, il y a mille révolutions à faire.

Pour la première fois depuis de longues semaines, toute la bande s'est retrouvée en permission à Beer-Sheva, assise sur l'herbe, presque sous mes fenêtres. Rahel est descendue du Golan, où elle est secrétaire d'une unité de blindés. Mais son boulot n'a rien à voir avec du secrétariat. Elle est la psy, l'amie, la grande sœur, la confidente de soldats. Elle doit organiser des fêtes, des sorties, les anniversaires des uns et des autres. Elle réconforte, elle console, bref, elle est l'âme féminine d'une unité entièrement masculine.

Elle nous raconte la pièce de théâtre qu'elle a montée avec ses soldats sur le thème : « Le cuisinier est notre pire ennemi. »

— Les dialogues étaient tordants. Tout le monde a voulu jouer un rôle, y compris le commandant et le cuisinier, qui défendait sa cause tant bien que mal.

Elle est toute joyeuse. Je suis certaine qu'elle se sent beaucoup plus à l'aise dans une unité de garçons que dans une unité mixte.

Freddy, à sa sortie de prison, n'a pas souhaité réintégrer son unité. Il a été nommé chauffeur d'un commandant de la région Sud, basé à Beer-Sheva :

– J'ai chanté devant lui un jour par hasard. Depuis, il me réclame au moins deux chansons par trajet, il prétend que ça l'aide pour se concentrer. Sa fille se marie dans deux mois et il m'a demandé d'animer la fête.

Nous applaudissons tous, heureux que le talent de notre ami soit reconnu par un lieutenant-colonel.

Ilan est dans l'unité Givati, à Gaza :

– Je n'ai pas envie d'en parler, je vis déjà avec vingt-quatre heures sur vingt-quatre. Heureusement que j'ai le droit de jouer de la guitare, je n'ai que des amis grâce à elle.

Ilana est infirmière dans une base où les garçons font leurs classes :

– Ils sont tous à mes pieds, annonce-t-elle devant nos mines ébahies. Certains pour se faire porter malades, d'autres au contraire pour me demander de cacher leurs faiblesses.

Elle a l'air très satisfaite de son petit pouvoir. Rahel, Yulia et moi échangeons un regard complice : Pot-de-Peinture serait donc devenue une star ?

Yulia embraye :

— Ils sont tous à mes pieds également mais… sans contrepartie, minaude-t-elle, en enroulant une mèche de cheveux autour de son index. Et ce n'est pas moi qui leur sers des cafés, c'est eux qui m'en proposent, ajoute-t-elle, triomphante.

Elle ferme les yeux et tire une bouffée de sa cigarette. Elle s'est mise à fumer récemment, au grand dam de toute la bande, foncièrement anti-tabac. J'irai sans doute en enfer mais je le dis quand même : la cigarette lui donne un surplus d'assurance.

Les regards se tournent vers moi. On attend que je raconte quelque chose sur ma vie de soldate.

— Euh… personne ne se traîne à mes pieds et le reste est classé top secret. Parfois ça change, et ça devient « ultrasecret », j'ajoute, pour enrichir mon propos.

— Tu es consternante, assène Yulia. Tu ne peux vraiment rien nous dire ?

Non, je ne peux rien leur dire. Ce que je trouve de plus excitant à la base, c'est ce que j'y fais. C'est le moment où un pilote annonce « *Fox one* » lors d'un exercice, ce qui signifie qu'il a touché sa cible une première fois. J'imagine alors qu'il est heureux, content de lui, et je partage un peu sa joie. Les voix me sont devenues familières, j'essaie d'imaginer les visages qui se cachent derrière. Eynat la rousse est même tombée amoureuse d'un instructeur, nom de code *Eagle one*. Elle attend avec impatience la fin du stage en cours, retransmise à la télévision jordanienne, que nous captons, pour le voir enfin, peut-être, et tenter de lui faire passer une demande en mariage. Quelle belle histoire ce serait ! Aucun romancier n'y a encore pensé : *une jeune soldate israélienne du service des écoutes tombe amoureuse d'un pilote jordanien au son de sa voix grave. Au péril de sa vie, elle traverse la frontière et le rejoint. Sous le charme – il aime les rousses depuis toujours –, il lui propose de partager sa vie. Les deux tourtereaux désertent de leurs armées respectives et se marient dans un monastère bouddhiste en Inde.*

— Eh, l'espionne, tu es toujours sur terre ?

Je sursaute. J'étais partie très très haut dans le ciel, effectivement. Je murmure :

– J'ai eu quelques heures de permission, après avoir reçu mes galons de caporale. Je suis allée dans un centre culturel français et j'ai vu une très belle émission sur la Révolution française.

Ils me regardent tous comme si je m'étais mise soudain à parler chinois.

– J'ai pensé que nous aussi, nous devrions faire une révolution.

Mon cas semble s'aggraver à leurs yeux, mais je poursuis. J'ai tout à coup plein de choses à dire :

– Mais oui ! Regardez : qu'avons-nous appris à l'école, au lycée ? Que nous vivions dans un pays merveilleux que des gens avaient bâti en travaillant dur, et en se battant contre des Etats qui voulaient sa mort. Le tout sur fond de très jolies chansons où les mots « terre », « champ », « ruisseau », « soldat » constituaient quatre-vingt-dix pour cent du texte. On nous a dit aussi que notre tour était arrivé de « donner au pays », d'aller à l'armée pour poursuivre la tradition des héros, des défenseurs de l'Etat. C'est très bien tout ça, mais ce n'est plus toute la vérité.

– Quelle est la vérité ? demande alors Freddy, qui me regarde attentivement.

– Eh bien, il faudrait que l'on cesse de dominer un autre peuple, il faudrait que l'on quitte la Judée, la Samarie, Gaza. Ensuite, on pourra s'attaquer sérieusement aux problèmes de ce pays. Et on n'acceptera plus que des gens reçoivent des salaires de misère tandis que d'autres ne savent plus que faire de leurs actions. Ce devait être un Etat juif et socialiste ? Qu'il le soit réellement ! On refusera aussi que les étudiants se saignent pour payer des droits d'inscription mirobolants alors que les religieux – qui ne vont pas à l'armée, je vous le rappelle, et qui paient leurs impôts tous les sept ans, au mieux – bénéficient d'aides de l'Etat pour étudier…

– Et Jérusalem, tu en fais quoi de Jérusalem ? demande Yulia, toujours perfide au moment crucial.

Mon cœur se serre. Je ne peux pas imaginer cette ville coupée en deux. Les sentiments n'ont rien à voir avec la politique mais tout de même… La moitié d'un corps peut-elle survivre sans l'autre ?

– Je ne sais pas… On trouvera une solution intelligente…

Yulia triomphe. Et ne s'arrête pas en si bon chemin :

– Et puis le socialisme, le socialisme… tu crois qu'il nous a rendus heureux, le socialisme, en Union soviétique ?

– Ce n'est pas la même chose, c'était un Etat totalitaire. Israël est une démocratie, et je réclame juste un peu plus d'égalité pour tous, je réponds, sûre de moi cette fois.

– Mais les Palestiniens commettent des attentats tous les jours, on ne peut pas discuter avec eux ! proteste Ilana.

– La question n'est pas de savoir si on peut ou non. On *doit* le faire ! Pour eux, autant que pour nous.

– C'est-à-dire ? intervient Rahel.

– Si nous restons dans les territoires, si Tsahal continue à tenir en joue toute une population civile, le pire arrivera. Nous ne serons plus de beaux pionniers aux yeux du monde – nous ne le sommes déjà plus, d'ailleurs. Mais le pire, c'est que nous n'oserons même plus nous regarder dans une glace. Et il y aura de plus en plus de morts pour… rien. Regardez Ilan. Il n'a même pas envie de parler de ce qui se passe là-bas. Si les actions que vous menez étaient vraiment glorieuses, tu nous en aurais touché deux mots, non ? dis-je en

plantant mon regard dans celui de notre cama-
rade.

— Ce n'est pas la question, répond-il en hésitant. Je crois que tu te fais des illusions si tu penses
que la paix est possible…

— Mais la paix, ce n'est pas des petits oiseaux
qui chantent et des fleurs qui poussent soudain,
comme dans les chansons ! Je dis qu'il faut régler
ce conflit une bonne fois pour toutes, et rendre à
ce pays le visage qu'il voulait avoir à sa naissance :
solidaire, égalitaire, constructif !

— Chut… tu parles trop fort, m'avertit Freddy.

Trop tard. Je suis trempée de la tête aux pieds.
La vieille Roumaine qui vient de déverser un
seau d'eau par sa fenêtre vise aussi bien qu'un
tireur d'élite. Elle grommelle en fermant ses
volets :

— Pfff ! Minuit ! C'est pas une heure pour parler politique ! En tout cas pas sous mes fenêtres !

Je lui en veux terriblement. Non pas parce
que je ruisselle tandis que les autres répriment
difficilement un fou rire, mais parce que je ne
pourrai pas mener mon raisonnement à son
terme, et convaincre mes amis. Je crie à l'adresse
des volets fermés :

– Mais les révolutions se préparent toujours la nuit !

À la maison, je parcours à nouveau le texte sur la Nouvelle-Zélande que Kineret nous avait lu pendant les classes.

Je n'aimerais pas vivre dans un pays où il n'y a rien à changer.

Dimanche matin, station centrale de Beer-Sheva. Deux lignes desservent Jérusalem, par laquelle je passe obligatoirement pour rentrer à la base : la 405, qui contourne les territoires et met une heure quarante-cinq pour effectuer son trajet, et la 440 qui passe par le désert de Judée en traversant les villes palestiniennes d'Hébron et Bethléem. En une heure vingt-cinq, on est aux portes de la Ville sainte.

Le bus qui effectue ce trajet est reconnaissable entre mille : il est maculé de poussière et les vitres sont parsemées de traces étoilées : l'impact des pierres, qui ont donné leur nom au soulèvement des Palestiniens. La « guerre des pierres », ou Intifada.

Je monte dans le bus 440, en sachant que, cette fois, je ne m'endormirai pas. Je vis en Israël depuis cinq ans et, comme la plupart des Israéliens à part les soldats en service là-bas, je n'ai jamais mis les pieds dans les territoires. Il est temps que j'en connaisse autre chose que des images télévisées.

Une vingtaine de kilomètres désertiques séparent Beer-Sheva des premiers villages palestiniens. C'est idiot, mais je n'imaginais pas qu'ils fussent si proches.

Je découvre de petites maisons en pierre, souvent sur pilotis, au milieu de ronces et de chemins boueux. Un nombre incroyable d'entre elles ne sont pas achevées. Plus stupéfiant encore, la plupart sont surmontées d'antennes en forme de… tour Eiffel ! Je les trouve grotesques et touchantes. Voici donc le vrai rêve palestinien : Paris !

— Il pleut, remarque quelqu'un dans le bus. C'est mieux quand il pleut, on reçoit moins de pierres.

À sa barbe et à sa kippa, je reconnais un habitant juif des territoires, que les pacifistes appellent un « colon ». Consulte-t-il la météo avant de prendre un bus ?

Les villages s'étirent sur des kilomètres. Nul ne sait quand une localité s'arrête, et quand l'autre commence. Pauvreté, tristesse, haine. Je vois tout ça sur les rares visages qui se tournent vers le bus rouge et blanc. Des vieillards appuyés sur des cannes – ils ont l'air nobles –, comme les beaux Bédouins de *Lawrence d'Arabie*. Des enfants, mal habillés. Des femmes à la silhouette lourde, au visage fatigué, portent un panier en équilibre sur la tête. Des filles en uniforme gris sortent d'une école en criant à notre attention quelque chose que je préférerais ne pas entendre. Des Mercedes sans âge, des ânes, des troupeaux de moutons, des oliviers.

J'ai l'impression d'avoir traversé une frontière, mais pas une frontière géographique. Où suis-je ? Cent, deux cents ans en arrière ?

Les tours des minarets accrochent le regard. Parfois, sur une colline, on aperçoit les tuiles rouges d'une implantation juive. Le bus s'arrête fréquemment, pour déposer des soldats qui rejoignent leur campement, des civils qui rentrent chez eux.

Nous ne sommes plus qu'une dizaine. Nous approchons d'Hébron, la ville la plus importante de Judée. Tous les passagers ont pris place prudemment côté couloir. Sauf moi. J'ai le nez collé contre la vitre, je veux tout voir.

Un bruit sourd et violent, dix centimètres sous mon visage. J'ai eu le temps d'apercevoir le garçon qui faisait tournoyer sa fronde. Il avait une expression dure et vengeresse. Il m'a visée, j'en suis certaine. Je porte l'uniforme kaki de l'armée, je suis l'ennemi suprême.

J'ai envie d'ouvrir la vitre et de lui crier :

— Arrête ! J'ai le même âge que toi et je pense comme toi !

Mais les pierres pleuvent sur nous à présent, le chauffeur accélère, dépasse la vitesse autorisée et ça m'étonnerait qu'il soit arrêté à cause de ça : la seule autorité dans les territoires est l'armée israélienne.

Tout le monde est à terre dans le bus, y compris moi. Nous sommes balancés de droite à gauche et de gauche à droite pour éviter les projectiles. Chaque impact de pierre m'atteint douloureusement, comme si on me frappait. J'entends une détonation. Je ne saurai pas qui a tiré, s'il y a eu un mort, ou un blessé. J'éclate en sanglots et les autres passagers tentent de me rassurer. Je n'ai pas envie de leur expliquer que ce n'est pas la peur qui fait couler mes larmes.

Je pose le casque de mon baladeur sur mes

oreilles. Shlomo Artzi volume maximal. Il chante de sa voix un peu éraillée :

Si nous ne ralentissons pas
Si nous ne regardons pas
Si nous ne prenons pas garde aux détails
Nous n'arriverons pas à un pays nouveau,
Nous n'arriverons pas à un pays nouveau.

Et j'entends la suite, même si ce ne sont pas les paroles de la chanson :

Et nous serons plongés pour toujours
dans la haine et la violence.

LES SOLDATES PLEURENT AUSSI

25/02/1989. 6 h 10 du matin.
J'ai réussi à joindre Jean-David hier au téléphone. Je lui ai dit que j'avais une permission pour la soirée, et que j'aurais aimé dormir ailleurs qu'à la base. Il a un peu hésité puis il m'a dit :

— Tu peux venir, mais j'ai des amis qui passent à la maison ce soir.

Un mauvais pressentiment m'a étreinte. Je l'ai combattu en me disant qu'il fallait que je le voie, que c'était plus fort que moi, plus fort que la crainte d'être rejetée.

Il a ajouté :

— Je te laisserai un trousseau de clés à la blanchisserie, juste à côté. Je serai là vers sept heures.

C'était bon de rentrer chez lui toute seule, comme si nous habitions ensemble. J'ai pris une douche, me suis habillée en civil et je me suis fourrée sous sa couette avec Lettre d'une inconnue, *de Stefan Zweig, que j'ai emprunté à l'Alliance française.*

Je n'ai pas lu une ligne.

J'étais dans son lit, dans son odeur que je respirais à pleins poumons en fermant les yeux. Puis je les ai ouverts et j'ai vu.

Une trousse de maquillage.

Un parfum, Giorgio de Beverly Hills, que j'ai senti en sachant que je détesterais son odeur toute ma vie.

Un T-shirt Kookaï.

Un déodorant Obao.

Je me suis mise à trembler en répétant à haute voix : « C'est sa cousine, c'est sa cousine, elle est certainement venue de France lui rendre visite. »

Il ne m'a jamais dit qu'il avait une cousine.

À cet instant, j'ai entendu une clé dans la serrure et j'ai tiré la couette jusqu'au menton en faisant semblant de dormir. Au moins, il serait obligé d'être doux avec moi quelques secondes, pour me réveiller.

Il m'a caressé les cheveux d'une main triste.

J'ai ouvert les yeux, j'ai regardé en direction de la trousse de maquillage. Il n'a pas dit : « Ma cousine est venue me rendre visite », il a soupiré.

J'ai fourré Lettre d'une inconnue dans mon sac et me suis dirigée vers la porte. Il a tenté de me retenir :

– Reste au moins avec nous pour dîner !

J'ai éclaté d'un rire désespéré.

D'un air buté, il a dit :

— Je ne veux pas que tu souffres.

— C'est raté, lui ai-je répondu, et j'ai claqué la porte.

J'ai juste eu le temps d'apercevoir une fille un peu plus vieille que moi, vingt-deux, vingt-trois ans, même pas jolie, qui me regardait d'un air étonné.

Dans le bus qui me ramenait vers la base, j'ai sangloté comme je ne l'avais jamais fait, pas même lorsqu'il m'a quittée, la première fois. La femme qui était assise près de moi s'est inquiétée et m'a demandé où j'avais mal, puis si quelqu'un que j'aimais était mort. Je n'ai pas réussi à lui répondre, alors elle m'a serrée contre elle et m'a bercée tout au long du voyage en répétant que tout irait bien, tout irait très bien, et qu'il y avait un Dieu pour ceux qui souffrent. Jamais je n'aurais imaginé trouver refuge auprès d'une inconnue dont je n'ai même pas aperçu le visage, et dont je ne connaîtrai jamais le nom.

Arrivée à la base, j'ai cherché les filles qui étaient de garde la nuit. Heidi, de 22 heures à 2 heures du matin. Noa, de 2 heures à 6 heures. J'ai proposé de les remplacer. Elles n'ont rien dit sur mes yeux rouges, elles ont juste émis l'idée que ce n'était peut-être pas réglementaire d'effectuer deux gardes d'affilée. J'ai répondu que j'en faisais mon affaire. Elles n'ont pas insisté, trop contentes de pouvoir dormir sans interruption.

J'ai patrouillé avec Ofer, un milouimnik* qui m'a parlé de ses voyages en Inde.

Il m'a dit que, la première fois, il était parti parce que sa copine l'avait quitté :

— J'avais l'impression de m'être transformé en glaçon, il fallait que je me réchauffe sous d'autres cieux.

Vers 4 heures du matin, le muezzin du village voisin a appelé les fidèles à la prière.

— Il nous insulte, m'a dit Ofer, qui comprend parfaitement l'arabe. Et il nous promet l'enfer pour bientôt.

Je claquais des dents de froid, de fatigue, mais j'ai trouvé la force de lui répondre :

— Dis-lui de ne pas se crever. Pour moi, c'est gagné, j'y suis déjà.

Il m'a regardée gentiment :

— Il me casse les oreilles, ce muezzin. Tu ne veux pas chanter une chanson en français, pour qu'on ne l'entende plus ?

D'une voix tremblante, j'ai entamé le refrain de Jonasz : « Dites-moi, dites-moi même qu'elle est partie

---

* Soldat de réserve, c'est-à-dire tout homme âgé de vingt-deux à cinquante-cinq ans, qui effectue un mois de service militaire (rémunéré) par an.

pour un autre que moi, mais pas à cause de moi, dites-
moi ça, dites-moi ça. »

Nous avons chanté pendant deux heures à voix
basse, en hébreu et en français, des chansons d'Édith
Piaf, de Barbara et de Jacques Brel qu'il connaissait par
cœur et que je connaissais très mal.

Mon service commence dans une demi-heure. Je n'ai
pas dormi depuis vingt-quatre heures. Je suis épuisée.
C'est exactement ce que je voulais.

Dans quelques jours, le 1er avril. J'aurai dix-
neuf ans, et je serai en vacances. Tous les six mois
environ, nous avons droit à une «longue» permission d'une semaine. J'ai fait des centaines de projets mais je sais que je vais passer au moins la
moitié de mon temps à faire comme tous les soldats en permission : dormir.

En attendant, nous sommes tous réunis dans la
salle de télévision de la base autour d'Eynat la
rousse, surexcitée. C'est aujourd'hui que s'achève
le stage des pilotes jordaniens, et elle va pouvoir
enfin connaître le visage de son prince charmant.

Pour être certaines d'identifier notre homme,
nous avons réquisitionné un officier d'une autre
section, qui connaît les vrais noms de ceux que

nous appelons par leurs noms de code. Je trouve qu'il a un étrange sourire.

La cérémonie commence, en présence du roi Hussein et de la reine Nour. Défilé militaire, exercices de combat, tous les invités font mine de s'intéresser au spectacle mais s'ennuient profondément à l'inverse de nous, qui regardons ces images comme s'il s'agissait d'une cassette vidéo envoyée par des Papous avec lesquels nous aurions, par miracle, découvert un lien de parenté.

Le grand moment arrive. *Eagle one* va remettre les ailes d'argent à chacun de ses élèves pilotes, qu'il a insultés sans relâche pendant dix-huit mois. Un point blanc s'approche de l'estrade où les aviateurs se tiennent au garde-à-vous.

— Gros plan! Gros plan! hurle-t-on dans la salle télé.

— Au fait, il s'appelle Adnan B., nous informe notre ami l'officier, de plus en plus ouvertement ironique.

— Je crois que ça veut dire «délicat», en arabe, dit Noa à l'attention d'Eynat qui retient son souffle.

— Gros plan! Gros plan! Gros plan! continuent de scander les autres.

Soudain, le cameraman jordanien fait ce qu'il n'aurait jamais dû faire : il exauce notre souhait, et zoome sur Eagle one, alias Adnan B.

Adnan B., commandant instructeur.

Adnan B., voix grave aux accents chauds.

Adnan B., signe particulier : adore chanter des chansons des Beatles à la fin de chaque exercice, sa préférée étant *Yellow Submarine*.

Adnan B., dont Eynat semble – aussi invraisemblable que cela paraisse – vraiment amoureuse.

Adnan B., alias Eagle one, *un mètre cinquante-cinq, chauve, rondouillard, moustachu, la cinquantaine bien tassée.*

Un silence consterné règne côté israélien à présent, tandis que les Jordaniens font un lâcher de ballons multicolores au son de la fanfare. Jamais le fossé entre les deux Etats n'a été si profond, me semble-t-il.

Personne n'ose regarder Eynat, prostrée sur sa chaise.

– Ce n'est quand même pas lui, chuchote Emek, en direction de notre officier espion.

Il hoche la tête, faussement navré. Je comprends à présent son petit sourire de tout à l'heure.

– Tu es cruel, lui dis-je, pour lui signifier que je n'ai pas été dupe.

– Mais non, répond-il avec flegme. Ce n'est pas le physique qui compte, n'est-ce pas ? En tout cas, c'est ce que j'entends dans la bouche des filles à longueur de journée. D'après nos informations, Adnan est supérieurement intelligent, extrêmement cultivé, attentionné, sensible et… veuf. Que demande le peuple ?

Une main atterrit sur la joue gauche de mon interlocuteur. Eynat s'est jetée sur lui, hors d'elle, et nous la retenons à grand-peine. Il ne faudrait pas qu'en plus de sa déception elle passe quelques semaines en prison pour avoir giflé un gradé !

L'officier offensé se frotte la joue d'un air pensif et murmure :

– Nous allons considérer que cet incident a eu lieu en dehors du contexte militaire. Je ne déposerai pas plainte. Bonsoir et… toutes mes condoléances, mademoiselle.

Sa réaction, ou plutôt son manque de réaction à l'agression d'Eynat m'étonne. De deux choses l'une : c'est un extraterrestre ou il est d'origine britannique. Troisième possibilité : après tout, il a

à peine vingt ans, comme la plupart des lieute-
nants israéliens, et il a simplement eu envie de
s'amuser un peu.

Je vis les premiers jours de ma permission
dans un décalage assez perturbant : le temps ressemble à un océan, je dors jusqu'à midi, je
déjeune en fin d'après-midi, je reste des heures
dans mon bain et j'avale trois livres en deux
jours. Depuis sept mois je n'avais pas été habillée
plus de quarante-huit heures en civil. J'en viens
presque à oublier que je suis une caporale de
l'armée israélienne. Je vais au cinéma avec Yulia
voir *Le Cercle des poètes disparus*, et nous crions
à pleins poumons sur le chemin du retour :
« Carpe diem ! Carpe diem ! », en imitant la voix
de Robin Williams. Demain, c'est mon anniversaire, et nous irons danser à Tel-Aviv avec
Freddy. On s'arrête dans un pub pour boire un
peu et parler beaucoup. Je réalise que j'ai du mal
à accepter Yulia telle qu'elle est − trop sûre
d'elle, séductrice, cassante −, mais c'est avec elle
que j'ai mes plus grands fous rires. Elle est irré-
sistible, surtout lorsque, comme aujourd'hui, elle
mime nos anciens profs, le commandant de sa

base, Yitzhak Shamir* ou Pot-de-Peinture. La méchanceté qui me gêne en elle à certains moments se transforme en un humour féroce.

Il est trois heures du matin lorsque nous rentrons enfin chez nous, bras dessus bras dessous, passablement éméchées par deux cocktails à la vodka.

– Tiens, il y a de la lumière chez toi, me dit-elle en levant les yeux vers le premier étage du 12, rue Safed.

Maman est réveillée, mais ça ne m'étonne pas : dans cinquante ans, elle téléphonera le soir chez moi pour vérifier que je suis bien rentrée, et elle ira se coucher seulement après, enfin rassurée.

Mais l'inquiétude que je lis dans ses yeux ensommeillés n'a pas la même couleur que d'habitude.

D'une voix grave, elle m'annonce que mon commandant Ouri a téléphoné pour signifier que ma permission était suspendue, sans préciser pourquoi, bien entendu. Je suis attendue à la base à neuf heures au plus tard. Il me reste trois heures pour préparer mon sac, dormir et dessaouler.

* Premier ministre israélien de l'époque.

OPÉRATION COQUELICOT BLEUTÉ

Je «fête» mes dix-neuf ans dans un bus qui me ramène à la base, complètement assommée, mais régulièrement réveillée en sursaut par une question : pourquoi m'a-t-on rappelée en pleine permission ? Si une guerre avait éclaté, je serais déjà courant.

Mais peut-être qu'une guerre va éclater, et qu'on a besoin de toutes les oreilles en service, pour parer au pire.

8 h 57. Je dépose mon sac sur mon lit, file vers le bunker en courant, brandis mon badge sous le nez de la soldate en faction devant le sas de sécurité, et pousse de toutes mes forces la porte blindée de «l'imprimerie».

Je comprends à l'instant ce que veut dire l'expression «une atmosphère survoltée».

La salle d'écoute est bondée. Tous les soldats de la section sont là, avec parfois deux casques sur les oreilles. L'ensemble des magnétos tourne, il y a dix personnes sur l'estrade principale et tout le monde crie, alerte, donne des ordres brefs, prononce des noms de code que je ne connais pas.

Ouri, qui vient de s'apercevoir de ma présence, se précipite sur moi et m'explique très vite :

— Ils changent toutes les fréquences, tous les noms de code, vite, va relayer Yariv au « peigne » !

Je prends place sur la petite estrade devant l'ordinateur qui balaie les fréquences. L'opération dite de « grand ménage » était prévue pour la semaine suivante : toutes les informations que nous possédions donnaient la date du 8 avril. Les Jordaniens nous prouvent qu'ils ont un sens aigu des farces : nous sommes le 1er avril.

Sur mon écran, plusieurs chiffres clignotent simultanément. Je reste dix secondes sur chaque fréquence et je transmets les informations au fur et à mesure à Ouri et au soldat qui prend le relais sur un magnéto. Cela donne :

— Fréquence 176, une escadrille de trois avions !

— 245, tour de contrôle !

– 189, station-radar !

– 165, des clics !

– 213, deux avions, *Goal one et Goal two* !

– 310, un pilote et un copilote !

– 278, ils parlent en arabe !

– 213, une escadrille, je n'ai pas le nombre d'avions !

– 213, correction, trois avions, *Camel one, two, three* !

Vers 15 heures, la fébrilité retombe. Je n'ai pas vu le temps passer. L'excitation et la rapidité des actions m'ont donné des ailes. Nous affichons tous de grands sourires, heureux d'avoir pu maîtriser la situation. Et c'est maintenant que l'autre travail commence : écouter de nouveau toutes les bandes, recouper les informations, mettre en ordre les noms de code des fréquences, des escadrilles, des tours de contrôle, reconnaître une à une les voix, pour savoir que *Hunter one* est devenu *Tiger one*, et que la base aérienne *Desert* est surnommée désormais *Hollyland*.

À 23 heures, nous stoppons notre travail de fourmis, sur les genoux. Seuls deux soldats restent en salle d'écoute, l'activité est quasiment suspendue à cette heure-ci, sauf en cas d'exercices nocturnes. Mais il n'y a pas de risque que survienne ce genre de chose cette nuit, je suis sûre que les Jordaniens sont aussi épuisés que nous. Je relaie Noa, branchée sur la ligne de l'aéroport international d'Amman. Un avion français entre dans l'espace aérien jordanien :

— *Air France 847, flying from Paris to Bagdad, good evening Amman !*

— *Good evening Air France 847, what is your height ?*

— *Five thousand feet.*

— *OK, five thousand feet.*

— *AF 847 to Amman, this is my copilote's birthday today. Do you want to say him something ?*

— *Of course*, avec plaisir !

Je manque m'évanouir en entendant alors le contrôleur aérien jordanien entonner en français :

— Joyeux anniversaire, joyeux anniversaire, joyeux anniversaire la France, joyeux anniversaire ! ! !

Les pilotes français éclatent de rire et remercient le chanteur improvisé. Quant à moi, je souris, en me disant que quelqu'un au moins a fêté avec moi mes dix-neuf ans. Et peu importe s'il ne s'en doute pas une seconde.

Nous mettrons plusieurs jours à décrypter toutes les bandes de l'opération joliment baptisée par les Jordaniens «Coquelicot bleuté». Ma permission est repoussée aux calendes grecques. Je n'ai jamais compris le sens exact de cette expression, mais je sais qu'elle colle parfaitement à la situation.

Pour me consoler, on m'a donné une mini-permission de week-end. Je suis libre de vendredi, seize heures, à samedi, dix-huit heures. C'est quasiment la durée du shabbat, le jour de repos juif, et les bus ne circulent pas dans le pays ce jour-là. Certes, j'ai pris l'habitude de voyager en stop (ce qui m'amuse beaucoup, d'ailleurs, car rien n'est plus excitant que ce grand jeu de piste où l'on côtoie des inconnus qui racontent leurs vies et auxquels je me confie parfois, en sachant qu'il y a peu de risques que je croise de nouveau leur route), mais Beer-Sheva est trop loin de Jérusalem, je ne peux prendre le risque d'arriver en retard à la base samedi soir.

(Si... si Jean-David m'aimait encore, j'aurais pu... nous aurions pu... Chut! le conditionnel fait mal.)

Que faire? Rester à la base serait trop bête. Ce

serait comme gagner une grosse somme au Loto et ne rien changer à ses habitudes, ou comme avoir des billets d'avion gratuits pour Venise et ne pas y aller, parce que l'on ne veut pas dépenser de l'argent en prenant un taxi pour l'aéroport.

Tel-Aviv n'est qu'à soixante kilomètres de Jérusalem. En courant un peu, j'arriverai à chopper le dernier bus de 17 heures. Pour le retour, je sais que les chances de trouver une voiture qui me ramènera vers Jérusalem sont plus grandes dans la ville au bord de la mer, un million d'habitants, que dans la ville au milieu du désert, cent mille habitants.

Le bus 400 démarre à l'instant où j'arrive dans la gare routière. Je cours en agitant les bras et en criant : « Attendez ! attendez ! » J'ai conscience d'être ridicule au possible, mais j'ai décidé de voir la mer, et je ne reculerai devant aucun obstacle. Le chauffeur a dû m'apercevoir dans son rétroviseur. Il ralentit, fait coulisser la porte et me regarde avec un bon sourire :

— Doucement, soldate, prends ton temps. Tu crois que je ne vais pas attendre une soldate qui rentre à la maison ?

Je le remercie et m'installe par terre, au milieu

du couloir. À cette heure-ci, il n'y a plus de places assises. Mais j'ai appris depuis quelques mois à être assise n'importe comment, couchée n'importe comment, l'important étant d'être dans un bus qui m'emmène où je veux.

La Maison du soldat (sorte d'auberge de jeunesse réservée aux soldats, comme il se doit) n'est pas très éloignée du bord de mer. Je prends une chambre dont le décor remonte probablement aux années 50 et m'engage dans les rues de Tel-Aviv.

La mer est déjà là, devant moi, bordée d'hôtels luxueux où trois soldes de caporale suffiraient à peine pour payer une chambre avec vue sur le garage et les cuisines.

Je suis euphorique. Comme le jour où j'ai simulé un incident avec mes lunettes pour quitter la base d'entraînement pendant les classes. J'ai la délicieuse sensation de faire l'école buissonnière, d'être plus libre que jamais parce que je suis anonyme dans une ville, et que ceux qui me connaissent ignorent où je me trouve. Je n'ai pas téléphoné à Beer-Sheva pour parler de ma mini-permission. On m'en aurait peut-être voulu de ne pas tout tenter pour passer quelques heures à la maison ou avec mes amis.

J'ai ôté mes sandales et mes pieds s'enfoncent dans le sable, chauffé par le soleil brûlant que l'on peut avoir ici au mois d'avril. Je me mords les lèvres : je n'ai pas pensé demander si la Maison du soldat disposait d'une armurerie. Je ne peux me baigner avec mon pistolet-mitrailleur Uzi, bien sûr, à moins de vouloir à tout prix le rouiller. Et je peux encore moins le laisser sur la plage, même en demandant poliment à quelqu'un de bien vouloir jeter un œil sur mon arme cinq minutes, le temps de me baigner.

Donc, baignade interdite pour aujourd'hui.

Dommage, trois fois dommage, je ne suis jamais aussi détendue que dans l'eau. Nous le sommes tous, d'ailleurs. Je ne connais personne qui se soit violemment disputé en nageant, ou qui ait sangloté sous l'eau, ou qui ait eu des bouffées de haine à l'égard de l'humanité en faisant la planche.

Conclusion : Franco, Hitler et Mussolini ne faisaient pas la planche.

C'est sur cette pensée que je retrousse mon treillis jusqu'aux genoux et que, fusil en bandoulière, j'arpente le bord de mer comme si je montais la garde. Seuls mes orteils et mes chevilles goûteront aujourd'hui à l'eau salée.

Certains, en revanche, semblent goûter au spectacle. Des touristes hollandais poussent des cris enthousiastes en m'apercevant : clic ! clic ! la jolie photo ! Je les imagine déjà, exhibant le cliché, à Amsterdam ou ailleurs en commentant :

— En Israël, on voit des soldats partout. Et des soldates aussi. Certaines assurent la sécurité sur les plages et en profitent pour se tremper les pieds.

Et voilà comment naissent les légendes. D'ailleurs, avec un peu de discernement, ils pourraient remarquer que je suis nettement moins bronzée qu'eux, vu que je passe mon temps dans un bunker où le soleil ne pénètre jamais et où il fait 15 °C, la température ambiante idéale pour un matériel d'écoute.

Mais les Hollandais euphoriques ne se contentent pas d'une photo de loin. Ils veulent sympathiser, se faire tirer le portrait avec moi, pour rapporter chez eux un souvenir typiquement local. (Et peut-être voudront-ils acheter mon calot, mon insigne, mon uniforme, ma plaquette d'identité et mon arme, tant qu'ils y sont.)

— Vous faites erreur, je ne suis pas Daisy et

nous ne sommes pas à Disneyland, je réponds dignement, en français.

Ils ne comprennent pas plus le français que l'hébreu, et c'est normal au fond. Alors je leur explique, en anglais, que l'armée interdit aux soldats d'être photographiés sans autorisation spéciale (c'est à moitié vrai) et que *I am very sorry*, but c'est comme ça.

Ils poussent cette fois des cris de déception déchirants et je les quitte avec un regard poliment désolé.

Je suis persuadée que les Hollandais gagnent à être connus, mais pourquoi faut-il que les gens estampillés « touristes » aient toujours l'air plus idiots que la moyenne ?

« Tu es trop dure, me dis-je. C'est avec des idées de cet acabit que l'on devient une vieille fille intolérante et aigrie. »

Effrayée par ce qui m'attend, je décide de ne pas être si négative et de sourire à mon prochain.

Mon prochain, justement, en l'occurrence un garçon d'une vingtaine d'années (en civil), prend mon sourire pour une invitation à son égard et me propose très directement de partager son lit ce soir.

Je fais la sourde. Il ricane, estimant à juste titre

que Tsahal n'engage pas les infirmes. Je quitte la plage, décidément trop fréquentée, en me promettant de me lever le lendemain à l'aube pour y revenir.

Cap sur la Maison du soldat, et sur ma chambre à l'éclairage hésitant. J'ai soudain envie de faire une petite parenthèse dans ma solitude. À Tel-Aviv habite Gali, un ami du lycée : les plus beaux yeux bleus de la planète, la bouche la mieux dessinée que j'aie jamais vue, des cheveux châtains épais et ondulés. Lorsqu'il a débarqué, en première, toutes les filles se sont senties férocement rivales. La compétition s'est immédiatement engagée sans produire aucun résultat. Le beau garçon était sociable, mais gardait ses distances. Quant à moi, j'ai vite remisé mes espoirs au sous-sol : nous n'étions pas dans la même classe et, lorsqu'il me croisait dans les couloirs, il ne donnait pas particulièrement l'impression d'être ému jusqu'à la moelle.

En terminale, nous nous sommes retrouvés ensemble en maths. Lors d'un intercours pluvieux, j'ai sorti de mon sac la traduction française d'un livre d'Amos Oz, un grand écrivain israélien. Gali a surgi devant moi, le regard fiévreux, et s'est mis à me parler passionnément de la France et de ses écrivains. Il avait déjà lu tout ce que je n'avais pas lu : Gide, Proust, Sartre, et il s'adressait à moi comme si je pouvais le rapprocher d'eux.

Ce jour-là, nous sommes restés deux heures devant le lycée, à parler de Dieu qui n'existait probablement pas, mais sur lequel on avait tant écrit.

D'autres conversations passionnées ont suivi. Jamais je n'avais échangé autant d'idées avec quelqu'un de mon âge, ni quelqu'un tout court.

Un jour, il m'a invitée à passer chez lui avant d'aller au Superpharm.

J'ai adoré sa chambre : un matelas posé à même le sol (il me semblait, et il me semble encore, qu'il n'y a rien de plus bourgeois que de dormir dans un lit), des livres partout où cela était possible, quelques bougies et des filets de pêche tendus au plafond et sur les murs.

Sans savoir pourquoi, je tremblais.

En allumant une cigarette avec celle qui venait de se consumer, il a proposé de me lire quelques passages du journal qu'il tenait. C'était très beau, le plus souvent des considérations violentes et tristes sur le bonheur, Dieu ou l'amour.

Je tremblais de plus en plus, j'avais l'impression qu'il se mettait à nu devant moi.

Il continuait à lire et sa voix s'est faite murmure lorsqu'il a prononcé :

– … car moi, Gali, je suis homosexuel.

J'étais bouleversée par sa confidence, que j'ai ressentie comme une immense marque de confiance.

Nous avons terminé l'année très proches l'un de l'autre, sans nous voir souvent pourtant. Il ne tenait pas à se mêler à mes amis. Pendant le bac, il m'a annoncé que ses parents s'installaient à Tel-Aviv. Il était très heureux de quitter la petite ville provinciale et médisante pour « la ville sans interruption », où il pourrait être lui-même, sans crainte des moqueries.

Depuis, il m'a envoyé deux ou trois lettres très belles, auxquelles j'ai répondu avec retard pour cause de séances de cinéma ininterrompues *(La Rupture, Les Classes, La Crise, La Rupture 2, Opération Coquelicot bleuté…)*. Il m'a invitée à venir le voir quand je le souhaitais.

J'ai composé son numéro, il a répondu, manifestement heureux de m'entendre, et lorsque je lui ai dit que j'étais à Tel-Aviv, il a proposé que l'on se voie : « Ce soir, vers 22 heures, au café Picasso, juste en face de la mer, pas très loin de l'ambassade de France. » J'appréhende un peu de le revoir. Ça fait presque un an que nous avons passé le bac, et tant de choses se sont passées depuis !

Il vient vers moi, les yeux toujours aussi bleus, les cheveux plus courts – service militaire oblige –, un petit sourire aux lèvres.

Nous nous embrassons, et reprenons notre conversation comme si nous l'avions arrêtée la veille.

Il ne s'étonne pas de mes silences prolongés, il comprend tout avant même que je termine mes phrases. Il est prêt à me donner son amitié, sans exiger quoi que ce soit en retour.

Je n'ai pas l'habitude de ce type de relation : avec mes amies, c'est plutôt tendresse, passion, possession, jalousie et compagnie. Avec lui, c'est un dialogue doux, et je ne comprends pas que j'aie pu m'en passer si longtemps.

Je lui dis Stefan Zweig, il répond Thomas Mann.

Il me dit Verdi, je lui réponds Brahms.

Je lui parle de ma blessure, toujours pas refermée, du manque de Jean-David, il évoque son ami qui joue régulièrement à «je ne t'appelle pas, on verra bien qui cédera en premier».

Je lui raconte ma crise pendant le stage, les sensations d'étouffement que j'ai régulièrement lorsque je veux sortir de la base et que ce n'est pas possible. Il hoche la tête et affirme qu'il n'aurait pas pu supporter ce que je supporte. Après de courtes classes, il a réussi à se faire muter dans les services culturels de l'armée. Il va voir la mer tous les soirs.

Nous parlons – aussi – de la situation politique. Il dit qu'il faut tout rendre, tout donner aux Palestiniens, y compris la partie de Jérusalem qu'ils réclament. Il pense que la vie n'a pas de prix, que c'est le seul slogan valable.

– Tel-Aviv ne s'endort jamais, mais toi, oui, me dit-il, vers quatre heures du matin.

Mes paupières sont très lourdes, effectivement. Mais si je m'endors maintenant, je ne tiendrai pas la promesse que je me suis faite : retourner voir la mer à l'aube.

Je lui propose de s'asseoir au bord de l'eau, et d'attendre avec moi les premiers rayons du soleil. Dans un doux silence, nous regardons ensemble le jour se lever sur Tel-Aviv, les pieds dans l'eau.

UN VIEILLARD QUI MEURT, C'EST COMME
UNE BIBLIOTHÈQUE QUI BRÛLE.
(PROVERBE AFRICAIN)

19/09/1989. 15 h 30.

J'ignore si je dois écrire « un an déjà », ou bien « un an encore ». Je suis précisément à la moitié du chemin, mais ce n'est pas pour autant qu'il me semble moins long. Nous retirons tout de même un avantage du temps qui passe : les filles de mon stage et moi-même faisons presque figure d'anciennes. D'autres soldats ont rejoint les rangs de la section, plus jeunes que nous de quelques mois, mais cela suffit pour leur coller les corvées et les gardes les plus pénibles. Je me suis attachée aux collines et aux pierres qui entourent la base. C'est devenu chez moi, ici.

Je prends aujourd'hui le bus pour Tel-Aviv. Depuis le mois d'avril dernier, et mes retrouvailles avec Gali, je suis devenue une passagère régulière du bus numéro 400. Dès que j'ai un jour de permission, je file vers cette ville unique au monde : la plupart de ses quartiers sont d'une grande laideur, on a laissé les maisons des années 30 vieillir sans leur accorder la moindre séance de maquillage, et on a construit juste à côté de grands buildings pour être moderne, toujours plus moderne et plus high-tech.

Une ville laide, oui, mais une ville qui vit à grande vitesse, comme si demain était synonyme de jamais, comme si tous allaient mourir dans quelques heures et qu'il fallait danser une dernière fois, boire un dernier verre, se soûler d'amour, de musique et d'alcool avant le grand saut.

Tel-Aviv, la plus grande ville d'Israël, qui veut oublier qu'elle se trouve en Israël, à quelques kilomètres des territoires palestiniens. Tel-Aviv qui croit en la mer, en les cafés et en les discothèques, comme Jérusalem croit en Dieu.

Les deux villes, d'ailleurs, ne s'aiment pas, et s'affrontent dans une guerre sans nom depuis 1926, date de naissance de Tel-Aviv, que Jérusalem méprise du haut de ses trois mille ans. Une vieille blague raconte :

«Quel est l'endroit qu'un habitant de Tel-Aviv préfère à Jérusalem? Réponse: la route qui mène à Tel-Aviv.»

Et vice versa.

Moi, je me suis prise d'une passion pour les deux villes. Je ne me lasse pas des pierres de Jérusalem, de la lumière qui explose sur elle, des odeurs, des visages, des religions juive, chrétienne, musulmane qui ont façonné les rues. J'aime me promener dans le souk arabe de la Vieille Ville, boire un café turc, épais et amer, servi dans un verre, ou déjeuner de pain arabe, au sésame ou au thym. Je contemple avec fascination les Juifs pieux devant le mur Occidental, vestige du Temple détruit il y a deux mille ans par les Romains, et appelé à tort en français «mur des Lamentations». Car ceux qui prient ici en se balançant ne se lamentent pas. Ils ont des regards hallucinés, comme s'ils voyaient ce que je ne vois pas – Dieu? – en le tutoyant pour lui demander d'intervenir dans un monde devenu fou.

Il y a mille façons de décrire Jérusalem, mais une seule façon de l'aimer, comme je le fais: marcher sans relâche, de la partie arabe à la partie juive, du quartier arménien au quartier chrétien, des remparts de la Vieille Ville aux cafés de la nouvelle ville.

Mais j'ai besoin de Tel-Aviv, aussi, pour y respirer l'air de ceux qui ont vingt ans, et qui veulent que le monde leur ressemble : libre, fou, passant de la joie à la tristesse, de l'insouciance à la gravité, pour mieux aimer la joie ensuite.

Gali et moi avons établi notre quartier général rue Sheinkin, la seule rue au monde où il y a un café par habitant.

Au café Cazé* nous discutons durant des heures. À côté de nous, des écrivains achèvent leurs livres, le regard perdu dans une tasse de café. Et ceux qui n'écrivent pas rêvent d'écrire un jour.

Comme Gali, comme moi.

Comme Gali et comme moi, ils pensent tous ici qu'il faudrait faire une révolution, et nous allons parfois manifester avec les « femmes en noir » qui réclament le retrait d'Israël des territoires palestiniens. Elles portent le noir en signe de deuil, et se font copieusement insultées par les contre-manifestants de droite, tous les vendredis.

* « Un café comme ça. »

La semaine dernière, j'ai dit à Gali que le deuil semblait être la couleur de la gauche.

Parfois, d'un commun accord, nous décidons de chasser pour quelques heures la politique de nos discussions, de mettre le sujet sous scellés. C'est épuisant de vouloir changer un monde qui reste obstinément figé.

Alors nous nous tournons vers les livres, Gali me dit que je dois absolument lire *Ulysse*, de Joyce, je lui réponds qu'il doit absolument s'offrir *Vienne au crépuscule*, de Schnitzler.

J'aime avoir un ami qui pense, comme moi, qu'on ne peut pas prendre le risque de mourir sans avoir lu certains livres.

Quelques amis à lui se joignent à nous parfois. Ils ne sont déjà plus à l'armée, ils ont entre vingt-deux et quarante ans. Ils sont cinéastes, étudiants, comédiens, peintres le jour et serveurs la nuit.

À Tel-Aviv, j'oublie que je suis soldate.

Aujourd'hui, Gali a décidé de me présenter son ami le plus cher, Tzvi Kaminski. La première fois qu'il m'a parlé de lui, il m'a dit :

– C'est le plus vieux libraire de Tel-Aviv, il a soixante-quinze ans. Personne au monde ne peut te consoler ou te faire rire mieux que lui. Il adore se moquer de lui-même et s'attendrir sur les autres.

Nous pénétrons dans une échoppe minuscule où les livres s'entassent en piles jusqu'au plafond. Quelques personnes assises sur des poufs boivent du thé autour d'un monsieur à la barbe et aux cheveux blancs. Il me fait penser à Gepetto.

Je suis intimidée mais, dès qu'il nous aperçoit, Tzvi Kaminski se lève et chasse gentiment les autres :

— Allez, nous avons suffisamment brassé le vent des souvenirs, place aux jeunes. Et puis lui, au moins, il m'achète des livres ! dit-il avec tendresse en désignant Gali.

Ses yeux pétillent, je comprends ce que Gali a voulu dire.

Nous prenons place sur les poufs.

— Bonjour, Valérie.

Je lance un regard étonné vers Gali.

— Mais bien entendu qu'il m'a parlé de toi, au moins autant qu'il t'a parlé de moi !

Je ne sais que dire. Dans ces moments-là, je bénis l'illustre inconnu qui a inventé la politesse :

— Je suis très contente de te connaître, monsieur.

– Monsieur ! La dernière fois qu'on m'a appelé monsieur, c'était en Pologne, avant la guerre ! Ne parlons pas de sujets qui fâchent, faisons plutôt connaissance : tu bois ton thé sucré ou pas ?

– Plutôt sucré.

– Alors c'est parfait, tu aimes la vie, mais je le savais déjà. Je vais chercher des verres propres.

En son absence, Gali murmure :

– S'il t'a proposé du thé, c'est gagné, tu pourras revenir ici même la nuit, il ouvrira la boutique rien que pour toi.

Tzvi revient en sifflotant la *Symphonie inachevée*, de Schubert.

Je suis aimantée par les piles de livres. L'artisan de ces constructions étranges dit gaiement :

– Ça t'étonne, tout ce bazar ?

– Un peu, oui.

– Eh bien ! c'est le but, être étonné en entrant ici. Les livres n'aiment pas être rangés par ordre alphabétique, ni par genre. L'ordre alphabétique crée des voisinages fâcheux, et le genre entraîne l'ennui. Un essai historique ne déteste pas être placé près d'un roman d'amour… Ça le détend, ça lui fait penser à autre chose. Je déteste les librairies qui ressemblent à des pharmacies, dit-il en faisant la grimace. Tout est ordonné, les gens viennent avec leur petite liste (l'ordonnance), parlent tout bas (on est entre malades) et ils paient rapidement avant de s'en aller. C'est d'une tristesse !

— Pourtant, tu conseilles les lectures comme si tu prescrivais des médicaments, intervient Gali.

— Mmmm, tu n'as pas tort... mais c'est un peu normal. Tu ne peux pas donner *Le Procès* de Kafka à quelqu'un qui est en pleine rupture amoureuse, il risquerait de ne pas s'en remettre.

— Et vous conseilleriez quoi, à quelqu'un qui est en pleine rupture amoureuse ? je demande, vivement intéressée.

Son regard est bienveillant :

— Je lui dirais de pleurer d'abord toutes les larmes de son corps, jusqu'à ce qu'il se sente aussi sec que la terre de ce pays. Puis d'ouvrir *Belle du Seigneur*, d'Albert Cohen, un compatriote à toi. Mille pages d'amour et de décomposition d'amour, c'est radical.

Une petite sonnerie retentit dans ma poche et coupe brutalement la parole à Tzvi Kaminski. Je suis morte de honte. Depuis un mois, tous les soldats de la section ont un biper, qui permet à la base de nous joindre partout vingt-quatre heures sur vingt-quatre. Je fais défiler le message :

URGENT : *Matricule 3810159, retour immédiat à la base.*

C'est signé matricule 3575028, celui de notre nouvelle commandante, Dvora.

Je me lève à regret, je balbutie que je dois partir. Gali a l'air aussi désolé que moi. Seul Tzvi sourit :

— Ils te rappellent à eux pour que tu aies encore plus envie de revenir, la prochaine fois. Cette boutique est là depuis quarante-trois ans, et ce n'est pas demain qu'elle fermera. Tiens, prends ça pour la route.

Il me tend un tout petit livre. Je cherche mon portefeuille mais Gali m'envoie un coup de coude qui signifie : ne fais surtout pas ça, il va se fâcher.

Je remercie de mon mieux, mais ce n'est pas facile lorsque l'on est à la fois ému et pressé.

Dans l'autobus du retour (c'était le même chauffeur qu'à l'aller, il n'a rien compris quand il m'a vue), j'ai ouvert le livre que Tzvi m'avait donné :

Poèmes sur Jérusalem, de Yehouda Amichaï.
Je m'y suis aussitôt plongée.

Dvora m'attend à l'entrée de la base. Une masse de cheveux roux bouclés, de grands yeux verts, un visage assez charnu et une voix étonnamment grave. Elle dégage une impression d'efficacité incroyable. Je m'entends beaucoup mieux avec elle qu'avec notre ancien commandant, Ouri, et ses blagues à la noix. Dvora, elle, a de l'humour, ce qui n'est vraiment pas la même chose ; elle bosse parfois dix-huit heures par jour et nous donne envie d'en faire autant. Elle a réussi à se faire aimer et respecter très vite. Elle vient d'avoir dix-neuf ans et demi. À l'armée, on est un peu comme des nourrissons, on compte nos âges très précisément. Quelques mois d'écart signifient une grande différence.

Dvora m'accueille avec un large sourire, destiné à me rassurer, je suppose :

— Laisse tes affaires à l'entrée et viens dans mon bureau.

Elle me propose du thé. J'accepte, parce que je n'ai pas fini ma tasse à Tel-Aviv.

Elle prend un stylo et dessine une petite maison, tout en me parlant :

– Voilà, il y a une mission très spéciale qui va être effectuée demain. Évidemment, ni toi ni moi n'avons besoin de savoir ce dont il s'agit. Un de nos avions va survoler la région, avec des appareils d'écoute à son bord. On nous a demandé d'envoyer quelqu'un, j'ai pensé à toi.

Mon cœur bat la chamade. Certains anciens sont déjà partis pour ce genre d'expédition. Ils en sont revenus surexcités et ont gardé un regard mystérieux pendant plusieurs jours.

Dvora continue de dessiner. Elle ajoute des arbres près de la maison, un lac et une barque.

Elle lève les yeux vers moi :

– Il faut que tu saches qu'il y a un risque : l'avion ne restera pas dans l'espace aérien israélien, et il peut être intercepté. Vous serez protégés, bien sûr, mais le risque zéro n'existe pas.

Je demande, en désignant la feuille sur son bureau :

– Tu ne dessines pas un avion ?

Elle me fait un clin d'œil :

– Non, ça c'est la maison que j'aurai, au bord du lac de Tibériade, plus tard.

Je l'admire d'avoir des projets aussi précis. Moi, je n'ai que des rêves.

– Alors ? me demande-t-elle.

– Je viendrai te rendre visite dans ta maison, lui dis-je.

Et j'ajoute :

– Je te raconterai alors comment se sera passée l'opération de demain.

Elle pousse un soupir de soulagement et sa voix devient plus grave encore pour me dire :

– Voilà ton ordre de mission. Tu prendras ce soir le bus numéro xxx, jusqu'à B… La base est à un kilomètre de là, elle est signalée par le panneau MK 1086. On t'expliquera tout sur place.

Elle se lève, moi aussi. Elle me serre la main :

– Tu verras, lorsque tu auras tout oublié de ton service militaire, tu te souviendras de ça.

Et me voilà de nouveau dans un bus, le troisième de la journée. Si la compagnie Egged distribuait des cartes de fidélité, je pourrais certainement voyager gratis pendant trois siècles avec les points accumulés.

La nuit tombe très vite. Je m'abîme les yeux en voulant déchiffrer les derniers vers d'un poème d'Amichaï.

Je sens sur moi un regard très doux.

À ma droite, une vieille femme toute ridée, toute ratatinée, m'observe avec une tendresse infinie.

– Tu me rappelles quelqu'un, me dit-elle. Quelqu'un de bien.

Je lui souris en retour :

– Toi aussi. Tu as les yeux de ma grand-mère... et c'est quelqu'un de très bien.

Il me semble qu'on s'est tout dit. Que peut-on ajouter après de telles confidences ?

Mais elle poursuit :

– Tu es une bonne fille, et certainement une bonne soldate. J'aurais aimé avoir une fille comme toi. Mais je n'ai pas eu d'enfants. Je suis née à Vilna. Tu sais où c'est ?

Mes cours d'histoire refont aussitôt surface. Vilna, la capitale de la Lituanie, la nouvelle Jérusalem, comme on la surnommait, la ville aux mille rabbins savants, avant que les nazis y pénètrent.

Je hoche la tête. Mon ventre se noue.

– Les Allemands sont venus. Ils ont fusillé certains Juifs et ont parqué les autres dans un ghetto. Pourquoi fusiller Untel et pas Untel ? J'avais vingt-deux ans. Un père, une mère, un jeune frère

311

et une jeune sœur. Et un bien-aimé, nous devions nous marier. Il voulait attendre la fin de la guerre, il disait qu'on ne peut pas vivre le plus beau jour de sa vie au milieu des morts. Il s'appelait Yatsek.

Ils ont tué mon père, le premier jour. Ma mère est tombée malade, elle est morte peu après. Nous avions faim, nous avions froid. J'avais de nouveau peur, comme lorsque j'étais petite et que je craignais le loup, le soir. Mais là, j'avais vingt-deux ans, et une meute de loups nous encerclait jour et nuit en hurlant. Yatsek a tenté de s'enfuir du ghetto et a été pris. Personne ne l'a revu.

Je pleure en silence. Elle continue, la main posée sur mon bras :

— Un jour, nous sommes sorties, ma sœur et moi, pour chercher à manger. Un Allemand nous a regardées, a éclaté de rire, puis a pointé son fusil sur moi, sur ma sœur, sur moi, sur ma sœur, sur moi, sur ma sœur. Finalement, c'est sur elle qu'il a tiré.

Nous n'étions plus que deux. Shloïmele, mon jeune frère, et moi. Nous avons réussi à nous enfuir du ghetto et nous avons trouvé refuge chez nos anciens voisins. Nous sommes restés deux ans dans leur cave. À la fin de la guerre, ils nous ont proposé de rester vivre avec eux, mais nous ne pouvions pas, il fallait quitter cette terre gorgée du sang des nôtres.

En 1948, nous avons embarqué sur un bateau qui venait ici. Nous sommes arrivés au premier jour de la guerre d'indépendance. On a pris mon frère à sa descente du bateau, on lui a donné un fusil et on lui a dit : « Va te battre avec les autres, pour défendre ton pays. » Il n'avait jamais tenu un fusil. Il a été tué le deuxième jour des combats.

Je ne sais plus si je respire encore. Elle achève d'une voix calme :

— Pourquoi moi j'ai vécu, alors qu'ils sont tous morts ? Il n'y a pas de réponse. Tu ressembles à la sœur de Yatsek, c'est pourquoi je t'ai raconté tout ça.

Et elle ajoute :

— Il ne faut pas pleurer, il ne faut plus pleurer. Maintenant, il y a des filles comme toi, avec un beau sourire, qui peuvent défendre le pays s'il le faut. Je ne me suis jamais mariée, je ne voulais pas attrister quelqu'un toute une vie. Mais tous les enfants de ce pays sont mes enfants, et je suis si heureuse quand je vous vois…

Je pousse un gros, gros soupir. Dans quelques

minutes, je vais devoir descendre, j'ai une mission à remplir. Un sang neuf coule dans mes veines, comme si j'allais me battre pour cette vieille dame aux yeux doux, dont la main a tremblé sur mon bras.

MISSION TOP SECRET
ET RETROUVAILLES TOP TOUT COURT

Un sergent de l'armée de l'air m'a conduite vers une tente :

— Tu dormiras là, m'a-t-il dit. Demain, on vous donnera quelques détails.

Sous la tente, six lits, dont trois déjà occupés apparemment. Le sergent désigne le chemin des douches, du réfectoire, et me souhaite une bonne nuit.

Je ne m'étonne plus de la pauvreté de certains dialogues à l'armée. Ce qui est amusant, en revanche, c'est de dormir dans une base qui n'est pas la sienne. Je ne connais personne, pas de garde, pas de corvée en vue, j'ai presque l'impression de faire du tourisme.

Au réfectoire, je n'ose pas discuter avec les autres. Qu'ai-je le droit de dire de ma présence ici ? En revanche, j'apprécie les talents du cuisinier, qui a l'air de vouloir moins de mal aux soldats qu'il nourrit que le nôtre.

J'achève un gâteau aux raisins en pensant au lendemain lorsque je manque de m'étouffer.

QUELQU'UN A POSÉ SES DEUX MAINS SUR MES YEUX !

Il y a donc des petits farceurs, dans l'armée de l'air ? Je me débats, pour la forme, et tombe par terre en entendant une voix familière me chuchoter :

— Alors, QI 625, tu as déserté ton unité et tu es venue chercher refuge chez nous ?

Eynat ! Mon amie des classes, la folle la plus sympathique que j'aie jamais rencontrée !

— Mais qu'est-ce que tu fais là ?!? je lui demande, ahurie.

Elle fait une petite moue :

— C'est plutôt à moi de te poser la question, non ? Tu es dans MA base !

— Y a pas écrit ton nom dessus, je lui réponds, à moins que tu ne t'appelles désormais MK 1086.

Elle soupire en levant les yeux au ciel :

— Bon, sans blague, tu réponds ou je te colle de corvée de chiottes immédiatement. J'ai du pouvoir, tu sais.

Je me raidis et lui fais un beau salut :

— À vos ordres, caporale !

Elle entoure mon cou de ses deux mains et fait mine de m'étrangler.

Je désigne l'insigne des services de renseignements sur mon épaule gauche et murmure :

— Peux rien dire. Top secret.

Elle claque des doigts et s'exclame :

— Mais bien sûr, tu es là pour demain ! Eh ben, ma vieille, on est sur le même bateau, ou plutôt dans le même avion, *you and me* !

Expression perplexe de ma part.

— Eh, tu avais oublié que j'étais affectée dans les radars. Radars ! Tu vois le rapport avec les avions ou il faut que je te fasse un dessin ?

Je la prends par les épaules et la secoue :

— Bon, on va enfin s'embrasser et fêter nos retrouvailles, ou on va passer la nuit à se vanner, comme deux soldates dans un bus en partance pour leurs classes ?

Elle m'entraîne vers sa chambre à grand renfort de claques dans le dos. Elle sort des biscuits d'une armoire, du jus de pomme, j'ai l'impression qu'on joue à la dînette.

Elle s'affale sur son lit :

— Alors ?

— Toi d'abord, je réponds, en respectant la maîtresse des lieux.

— Mais non, toi d'abord. Ton chagrin d'amour ?

— J'ai fait un remake.

— Pardon ?

— Oui, on s'est vaguement revus et il m'a clairement plaquée une seconde fois.

— Mais tu es malade ! On ne retourne jamais avec un ex ! Jamais, jamais, jamais ! Si ça n'a pas marché la première fois, pourquoi veux-tu que ça marche la seconde ?

Je trouve son argument plein de bon sens. Et surtout, enfin, je n'ai pas du tout eu mal en évoquant Jean-David.

Elle me questionne encore. C'est une sorte d'interrogatoire très amical :

— Les écoutes, c'est comment ?

— Bien, la routine parfois, mais beaucoup de surprises aussi, comme aujourd'hui.

— Tes copines de Beer-Sheva ?

— On se voit moins, forcément. Je crois qu'on s'aime toujours ou bien c'est notre passé qu'on aime. On part toutes les trois dans des directions totalement différentes. On n'a plus les mêmes rêves.

— Les gens de ton unité ?

— Snobs, patriotes, consciencieux, mais pas mauvais au fond. Ma commandante est une fille exceptionnelle.

Je lui parle de Gali aussi, de Tel-Aviv, de Jérusalem. Et je la presse de questions à mon tour. Elle prend un air pseudoabsent pour énoncer :

— Eh bien, depuis notre dernière rencontre… c'était où déjà ? Ah oui ! Dans une base, devant des lettres de feu et on clamait en chœur : « Je jure. » Bref, depuis ces temps préhistoriques, je me suis rattrapée.

— Rattrapée ?

— Sexuellement parlant. Je suis passée par trois bases : le stage pour être opératrice de radar, une première affectation dans le Sud, une autre dans le Nord. Dans chacune des bases, je pense avoir laissé un bon souvenir à quelqu'un… dit-elle d'un air satisfait.

— Mais tu ne t'es pas attachée, tu n'es pas tombée amoureuse ? je demande, stupéfaite.

— Non. J'étais bien sûr le moment, c'est tout. Je tomberai amoureuse quand je serai grande et que j'aurai la certitude de ne plus rien avoir à apprendre sur les garçons.

— Et en ce moment ? je m'informe, sidérée par tant de naturel.

— Personne. Je viens d'arriver, mais ça ne saurait tarder…

Elle me fait un clin d'œil et enchaîne :

— Tu sais que j'ai souvent pensé à toi ?

— Moi aussi. Et puisque tu es de nouveau plantée sur mon chemin, je jure solennellement que je ne vais plus te lâcher jusqu'à la fin de tes jours. Ou des miens.

Plus sérieuse, j'ajoute :

— Que sais-tu, au sujet de demain ?

— Pas beaucoup plus que toi, probablement. Il va y avoir une action vers l'est. Au choix : la Jordanie, la Syrie, l'Irak. Tu sais que ça bouge en Irak ?

— Oui, on a reçu des instructions pour être particulièrement vigilants si on captait des pilotes parlant arabe, les Irakiens n'utilisent pas l'anglais, contrairement aux jordaniens.

— Demain, dans l'avion, il y aura des soldats des trois principaux services d'espionnage aériens : les écoutes, les radars, et les photographes. Il y aura plein de gradés importants qui ne t'accorderont même pas un regard, ils sont hyperconcentrés, c'est très impressionnant.

On rêve un peu, côte à côte. Elle sursaute soudain :

— Il est déjà deux heures ! On va faire ton lit parce que moi, je me lève tôt demain. Toi, tu es vacances ici, tu n'as pas grand-chose à faire, à part aller au briefing de 10 heures et à celui de 16 heures. En revanche, moi, je bosse toute la journée.

Je lui refais un salut militaire. Nous éclatons de rire, aussi heureuses l'une que l'autre de s'être retrouvées.

À 10 heures, nous sommes une trentaine, réunis dans une grande salle d'étude. Un lieutenant-colonel dessine au tableau une sorte de baleine : c'est l'avion qui nous transportera. Il indique à chacun la place qu'il occupera, et désigne les « relais » auxquels nous transmettrons les informations. Il nous distribue également une liste, avec une vingtaine de noms de code que je ne connais pas : si nous les entendons, nous devons immédiatement donner l'alerte (et prendre nos jambes à notre cou, je suppose).

Je suis grisée. Je vais vraiment être au cœur d'une action, avec Eynat à mes côtés. Je suis incapable de lire ou d'écrire. Je marche dans la base en chantant et en comptant les heures. Le décollage est prévu pour 22 heures.

À 16 heures, deuxième briefing et grande déception. Le lieutenant-colonel nous annonce que l'opération est repoussée, les prévisions météo ne sont pas bonnes. Pourtant, le ciel est clair au-dessus de nos têtes… Je me console en me disant que je vais passer au moins un jour de plus avec Eynat.

Le lendemain, à 16 heures, on nous confirme que l'opération aura lieu, nous avons le temps de nous préparer. Eynat m'entraîne dans sa chambre et vide son armoire sur son lit.

— Tu veux faire ta lessive maintenant ? je demande, estimant le moment incongru.

— Tu es déjà montée dans un avion d'espionnage ? Non. Alors figure-toi que ça n'a rien à voir avec un Boeing qui assure la liaison Paris-Tel-Aviv. Il n'y a pas de fauteuils confortables, pas d'hôtesses pour te distribuer des bonbons, pas de moquette au sol et la carlingue est à nu.

— Donc ?

— Donc on se caille ! On se les gèle, on claque des dents ! À chaque opération à laquelle j'ai participé, j'ai rajouté une couche de vêtements, et je crève toujours de froid.

— Tu superposes combien de couches ?

— Quatre.

Je suis admirative devant tant d'expérience. Puis je m'affole :

— Mais je n'ai rien apporté, moi, à part ma doudoune ! On ne m'a pas prévenue !

Elle désigne une pile de pulls et de T-shirts :

— Et ça, c'est pour le cuistot, tu crois ?

Lorsque nous nous acheminons vers les avions, nous ressemblons à de gros œufs de Pâques kaki. J'ai mis un collant, trois paires de chaussettes, un T-shirt à manches courtes, deux T-shirts à manches longues, deux pulls, mon uniforme et ma doudoune.

— Dans le genre *L'Espionne qui survolait les nuages*, je n'assure pas du tout, je glisse à Eynat, bougonne.

— Oui, mais dans celui de *L'Espionne qui avait froid*, tu es parfaite ! rétorque-t-elle gaiement.

Elle me tend deux barres de chocolat :

– Prends, c'est pour les petits creux. En général, ils préparent quelque chose à grignoter mais c'est assez sinistre. Manifestement, ce n'est pas parce qu'on risque sa vie qu'on a le droit de manger mieux.

– Tu es une mère et une grand-mère pour moi, Eynat Haïmovitch.

Au pied de l'avion, on nous donne un gros paquet : gilet de sauvetage et parachute. Dans l'après-midi, on nous a expliqué le fonctionnement du parachute. J'ai levé le doigt en disant que je n'avais jamais sauté. Quelqu'un a lancé :

– Ça n'a pas d'importance. Si tu tombes en terrain ennemi, il vaut mieux que ton parachute ne s'ouvre pas.

Tout le monde a éclaté de rire, mais j'ai frissonné.

Et je frissonne de nouveau, dans l'avion qui vient de décoller : de crainte, d'excitation, de froid déjà.

Trente visages graves se concentrent sur leur boulot. Casque sur les oreilles, je prends des notes, les mêmes qu'à la base, mais elles n'ont pas le même sens en altitude. Est-ce que nous protégeons des agents en train de s'infiltrer ? Est-ce une «simple» expédition d'espionnage aérien? Il m'a semblé que d'autres avions avaient décollé en même temps que nous.

Nous restons deux heures dans les airs, sans incident notable. À l'atterrissage, le lieutenant-colonel responsable de l'opération nous dit: «Vous avez fait du bon travail, merci à toutes et à tous.»

Le lendemain, dans les journaux, on parle de milliers de choses mais pas de ça. Et je rentre à la base le regard brillant et mystérieux.

LIBRE

19/10/1990. 12 h.
C'est à celle qui fera le plus rire l'autre. Eynat et moi
sommes côte à côte, dans la même base que celle où
notre vie de soldates avait commencé, il y a deux ans.

Aujourd'hui nous avons vingt ans, et nous prenons la file en sens inverse.

J'ai eu droit à une petite fête hier à la base, avec mes camarades de stage. Elle a été très courte. Le 2 août dernier, l'Irak a envahi le Koweït. Les Alliés ont lancé des ultimatums à Bagdad, la guerre menace la région, et Israël en premier lieu. D'ailleurs, Dvora nous a précisé :

— On se reverra peut-être plus tôt que prévu, les filles. Si les choses s'accélèrent, on aura besoin de renforts, et vous serez appelées en tant que réservistes.

Mais aujourd'hui, je ne veux pas y penser. Eynat et moi avons prévu de faire la fête pendant vingt-quatre heures non-stop à Tel-Aviv. Nous irons d'abord nous baigner, et elle fera la connaissance de Gali.

Nous rendons nos uniformes, notre doudoune, notre sac en toile de jute, les chaussures que nous n'avons plus porté depuis les classes.

Nous avons le droit de garder notre plaque d'identité et nos papiers, en souvenir.

On nous donne un chèque de deux cents shekels : la prime de libération.

Nous toisons d'un air supérieur les jobniks qui accomplissent leurs tâches monotones. Ceux qui se sont moqués de nous deux ans auparavant ne sont plus là, mais peu importe, nous tenons notre revanche.

En sortant de la base, nous poussons des cris sauvages et émerveillés. Nous croisons un bus rempli de jeunes filles de dix-huit ans, en civil et au regard inquiet. La boucle est bouclée.

À la plage, nous nous déshabillons à toute vitesse. Je fais remarquer à Eynat que nous avons tout notre temps, et que nous ne sommes pas en permission.

Je lui dis :

— Tu sais, j'ai vraiment pensé que ces deux ans étaient une éternité.

Elle court vers la mer en criant :

— Alors, l'éternité est derrière nous !

Du même auteur à *l'école des loisirs*

Collection Neuf

Une addition, des complications
Koloïshmielnik s'en va-t'en guerre
Demain, la révolution !
Adieu, mes 9 ans !

Collection Médium

Une bouteille dans la mer de Gaza
Il va y avoir du sport mais moi je reste tranquille
(recueil de nouvelles collectif)

Collection Chut !

Vérité, vérité chérie
lu par Benoît Marchand

Demain, la révolution !
lu par Alice Butaud

Cet ouvrage a été achevé d'imprimer
sur Roto-Page
par l'Imprimerie Floch à Mayenne
en octobre 2017

N° d'impression : 91726
Imprimé en France